A E
& I

Varón de deseos

Autores Españoles e Iberoamericanos

Pedro Ángel Palou

Varón de deseos

 Planeta

Esta novela fue escrita gracias a sendas becas de la
Fundación Mary Street Jenkins y del Sistema Nacional
de Creadores, del que el autor es miembro.

Diseño de portada: Eleazar Maldonado / Factor 02

© 2011, Pedro Ángel Palou
c/o Guillermo Schavelzon & Asoc. Agencia Literaria
info@schavelzon.com

Derechos reservados

© 2011, Editorial Planeta Mexicana, S.A. de C.V.
Bajo el sello editorial PLANETA M.R.
Avenida Presidente Masarik núm. 111, 2o. piso
Colonia Chapultepec Morales
C.P. 11570 México, D.F.
www.editorialplaneta.com.mx

Primera edición: agosto de 2011
ISBN: 978-607-07-0879-4

Impreso en los talleres de Litográfica Ingramex, S.A. de C.V.
Centeno núm. 162, colonia Granjas Esmeralda, México, D.F.
Impreso y hecho en México – *Printed and made in Mexico*

Para Estela Galicia, desde siempre

Para Carlos Barral, i.m.

Para Ricardo Fernández Gracia, quien sí sabe

1647

La huida, un *Coloquio de Misericordia*

…algo así como cuando un amigo habla a otro o un siervo a su señor, quándo pidiendo alguna gracia, quándo culpándose por algún mal hecho, quándo comunicando sus cosas y queriendo consejo en ellas.

SAN IGNACIO, *Confesiones*

Un túnel subterráneo comunica el Palacio Episcopal con la recién concluida catedral de Puebla, cuyas obras él mismo ha supervisado durante los últimos nueve años. El obispo Palafox, un tanto asustado, se introduce en él y regresa luego a su habitación. Afuera la algarabía se ha convertido en ruido. Los estudiantes se han vuelto locos, están dispuestos a lincharlo. Salieron del Colegio de san Juan y se les unieron los seminaristas de los colegios de san Ildefonso, el Espíritu Santo y san Jerónimo. Toda la ciudad vocifera en su contra. Han vestido de obispo a un borrico y lo pasean y se mofan de él y lo alebrestan y lo provocan. El animal da coces, brama. Y ellos gritan más y tocan música y se emborrachan en las calles.

Lo alto y lo bajo, lo oscuro y lo claro, siempre lo ha pensado, se confunden en estos días de carnaval: todo está permitido. Pero lo que podía haber sido una simple burla ya está fuera de control. Las amenazas de muerte son verdaderas. Si lo vieran lo convertirían en pieza del escarnio público. Ninguna fuerza de la ley es capaz de calmarlos. Tiene que huir, lo ha decidido. Su ayuda de cámara le pregunta, mientras él se desnuda y coloca en lugar del hábito púrpura un traje de caballero, con una enorme espada al cinto y un sombrero que oculta parte de su rostro:

—Perdón, Eminencia, ¿a dónde piensa irse?

—No lo sé, ni siquiera tú debes saberlo. No quiero que nadie corra peligro alguno. Cuando las cosas se calmen entonces sabrán de mí. Tú especialmente deberás guardar un profundo silencio. No me has visto desde el alba, ¿entiendes? Guarda mis ropas o colócalas en el armario, solo me llevaré un pequeño hato con provisiones.

—¿Y sus libros, señor obispo?

—Los libros se cuidan siempre solos, ya lo sabes.

Ha conseguido una cabalgadura apenas más digna que el asno que lo pretende representar allá afuera, en el atrio. Pero la ha mandado lejos. Saldrá en una carroza cubierta con cortinillas negras, sin ser visto. Luego cambiará de carruaje, o de cabalgadura, y seguirá en una mula. Palafox se asoma tímido tras la pesada cortina de tafetán. Los mira por un instante, indiferenciados por la ira, una turba hambrienta de venganza. Siguen gritando, ahora versos satíricos en su contra. Él escucha, tras la ventana, casi sin creerlo. Debe salir cuanto antes. Empiezan a golpear las gruesas puertas de la catedral exigiendo que se presente. La violencia les modifica los rostros, que al obispo le parecen máscaras. Si puede escapar llegará a Alchichica antes de que oscurezca. Lo más importante es salir sin ser notado, disfrazado desaparecer entre sus enemigos y que nadie se dé cuenta ni lo persiga. No es un soldado. Su reino se llama Raquel y es su amado obispado, Puebla. Lo ha recorrido entero a lomo de mula dos veces, desde el océano Pacífico, casi por donde llega la Nao de China, hasta el golfo, en la Vera Cruz. Conoce a sus feligreses más humildes y más simples, sabe de sus carencias. Esto es otra cosa: esto es obra del odio que le han tenido desde siempre los jesuitas. Esto es obra de pecadores presas de la envidia, llenos de soberbia.

Y están dispuestos a todo con tal de verlo caer.

Palafox sale por la puerta trasera del Palacio Episcopal y se pierde en la tarde. Al principio avanza al paso, sin prisa. Debe ir lo más natural, como si fuese el propio deán Pérez Salazar y no un clérigo. Si lo descubren, se repite, será hombre muerto. Piensa atravesar el río San Francisco y subir por El Alto al mismo trote. Un poco más allá pedirá al cochero que apure el paso y solo se permitirá galopar con brío cuando las casas empiecen a perderse, después del barrio de los tlaxcaltecas.

Entonces, más seguro, se dice, podrá correr hacia su destino.

Ha dejado atrás la fiesta. El carnaval, en estas calles, se limita a uno que otro borracho tirado por el arroyo. Una mujer limpia las piedras, arroja agua como si fuesen lágrimas sobre el suelo y talla con brío, expiándose en el esfuerzo, piensa el obispo que poco a poco va dejando atrás la Ciudad de los Ángeles y sus casas llenas de hipócritas.

Ama a su Raquel, se ha esposado con ella como obispo; ha prometido cambiarle el rostro. Y ha dejado el alma con tozudez en el empeño. Nueve años que son como una vida. Ha aprendido náhuatl, ha leído de nuevo toda la *Summa Theologica* y piensa que, tan pronto desaparezca y se sienta a salvo, comenzará él mismo su libro máximo, el que ha postergado una y otra vez en medio de las intrigas en su contra desde que llegó a la Nueva España. Ha sido el único hombre que ha llevado a cuestas como virrey todo el peso del poder civil, y el poder divino como arzobispo. Las envidias en su contra empezaron desde la capital y tuvo que dejar las dos sillas, aceptando de su querido Felipe IV esta nueva encomienda del Santo Padre.

Así vino a Puebla —su Raquel— con el enorme óleo de su Virgen de Trapani, que tantos milagros le ha hecho. Aquí trajo todos sus libros y construyó la hermosa biblioteca que los resguarda y colocó el retablo de su madre venerada, la virgen italiana a la que cada mañana se encomienda. Ahora parece haberlo abandonado en sus oraciones. Son más poderosos, o al menos lo avasallan en número sus enemigos. Palafox sufre mientras escapa. Llora en silencio su nueva derrota.

Se apea del carruaje. Sube a la mula.

Ve el camino a Tepeaca y entonces hiende sus espuelas de plata en la yegua y empieza a galope su verdadera fuga. Atrás, al fin, al menos por un tiempo, parece quedar la ciudad de sus triunfos y sus miserias.

Mira a sus espaldas. Nadie parece seguirlo. Nadie, entonces, adivinó su huida. Puebla fue fundada por los ángeles, pero la gobiernan los demonios, se dice con resignación. La ciudad es ya solo una nube de polvo detrás de él.

La verdad, hasta que cruza el río se da cuenta de que la yegua que le han prestado va mohína y hambrienta. La espoleará cuando sea necesario, sin piedad. El animal habrá de responder.

Así llega, muchas horas después, a Alchichica, donde lo esperan.

Pero allí empieza su calvario, su martirio. No lo quieren recibir. Le mandan decir que el señor no está en casa, que no puede pasar. Es cierto que no parece un obispo sino un mendigo, con las ropas rotas y húmedas por la travesía, pero aún así sabe que se trata de una mentira. El dueño de la hacienda está allí, adentro, y le han avisado desde Puebla de su posible visita (él mismo mandó un propio, en secreto), pero se niega a recibirlo.

Habrá tiempo de reprenderlo o de escucharlo. No ahora. Hace como que entiende, y vuelve a la montura. La noche es negra. Negra e impenetrable, como el alma humana.

Él pretendió conocer el alma, no la noche.

Pero se equivocó. El alma es también oscura e insondable. Está llena de vericuetos, es un laberinto en el que se pierde el más osado. Y él ha sido uno de esos, aventurados héroes en busca de la nada, que han perdido.

Llegará a algún lado, piensa. Y será recibido como peregrino. O como Jesús y María en Belén. Piensa en los pocos amigos que le quedan en esos parajes que ha recorrido a lomo de burro, en su obispado. Ha hecho dos visitas pastorales completas a su amada diócesis. No pretende conocerlos a todos, pero sí a la mayoría. Entonces se le ocurre que cerca, o relativamente, le queda un hombre fiel, uno de los suyos que no lo traicionará. Tendrá que llegar a San José de Chiapa, aunque le vaya la vida en ello.

Es su única salvación.

El corazón es solitario, y sangra.

De nada vale el dolor.

꒭

Naufraga.

Es un decir. Esta vez sí ha caído al agua, no como cuando en la infancia tierna logró salvarse de la vergüenza de su madre que lo envió al río, el Alhama, a morir. Quiso la misericordia del Señor y la intervención de un hombre piadoso que él se salvase. Pero esa es historia vieja, que huele a rancio y que tal vez algún día contará. La que importa ahora, la que lo salva, es otra providencia, otra mano. La Suya.

Porque no se moja siquiera a pesar de haber caído en el vado, a pesar de que el animal ha salido maltrecho y empapado. ¡Mísera cabalgadura la que lo acompaña en la desventura! Él no se moja. Ni siquiera debajo de la media, por debajo de la rodilla. Como si no hubiese habido agua allí.

Tiene que ser una señal, se dice.

Es Él quien ha obrado así para indicarle que otra misión lo espera, acaso más importante que las que hasta ahora lo han afanado. Se detiene a tomar aire, a reflexionar sobre lo ocurrido.

Amanece en la seca serranía. Seca como Castilla. Pelona y amarilla. Matorrales raquíticos por toda selva. Hierba marchita, remedo de otros bosques. Dorado reverbero del abismo, ruda manifestación de la nada misma.

No llora. Ni siquiera tiene fuerzas para llorar, por ahora.

Piensa en las leguas que le quedan hasta Chiapa.

En sí recuerda el camino correcto. La sotana se le ha roto, y está hecha jirones. Como su alma, raída por la ira de los otros, su rabia verde, tumefacta.

Sufre.

Es otra vez Juanico, ya no don Juan, regresado a la dura realidad de sus hazañas. A la tierna infancia.

Ya llegará, se dice, Él no habrá de abandonarlo.

Y así sucede. Por la tarde arriba a San José de Chiapa; ahora sí es bien recibido, como se merece. En casa pobre, pero lo arropan, lo tratan bien. Como si nada de lo ocurrido en la Puebla de los Ángeles hubiese llegado hasta allí, o a los oídos de quien le ha dado posada, dolido por la situación del obispo que acoge con dulzura:

—¡Válgame el señor, don Juan, qué le ha pasado! —exclama y le grita a la hija que venga a prestar auxilio, que traiga agua, unas compresas y algo para limpiar el rostro y los pies de su prelado querido que así llega, necesitado de socorro y sosiego.

Y se lo brindan. Esa tarde y las otras —las tardes a las tardes son iguales— están llenas de obsequios, de mimos, de ropas limpias, de buena comida y mejor vino, de generosa bienvenida.

El poder reconfortante del amor, que todo lo redime.

ꝛ

En San José de Chiapa vive como un prófugo, escondido. ¡Qué lejos, piensa, de aquel momento en que vino a la Nueva España con un séquito de más de ochenta hombres a su servicio! Ahora, por amor a su obispado, es un paria. Escribe, entonces, don Juan en su pequeño cuartucho detrás de la tapia de adobe: *O, ¡quién pudiera, Dios mío, revocar y deshacer todo aquello que obré cuando os ofendí! O, quién no hubiera nacido para ofenderos. Cómo, Señor, sobre tantos beneficios me dejasteis ser ingrato. Cómo, Señor, de las dos manos, diestra y siniestra, buena y mala, de los dos caminos de la salvación y perdición, torcí a la mano siniestra y dejé la diestra vuestra.*

Afuera llueve. Desde hace doce días llueve. Todas las tardes, a la misma hora, llueve. Cae el agua como si el cielo quisiera desquitarse también de sus pecados. Como si el cielo se desencajara del todo. Se ayuda con una vela, pero la cera o el cebo son malos. La vela apesta, como todo el cuarto. Y da poca luz. Incluso la pequeña llama quiere apagarse. No puede ver nada afuera, puesto que ha sido tapiado —por voluntad propia— dentro del cuarto. Apenas entra el aire suficiente para mantenerlos a él y a la diminuta llama con vida. Le duelen las manos. Desde hace días, le duelen los huesos de los dedos, como si dentro de sus manos creciera también el espanto, el estupor, la zozobra. Pero sigue escribiendo: *¿Faltóme, Jesús mío, vuestra luz?*, se pregunta. *No, por cierto. Que aunque en edad pequeña conocía lo malo y lo bueno y me abrazaba por malo con lo malo y volvía las espaldas a lo bueno.*

Entonces da con la frase que buscaba: *No es cura, Señor, la edad a mi maldad, pues siempre me disteis luz y gracia suficiente para vencer la flaqueza de la edad con verdad o bondad.*

Desde que dejó la carne y sus veleidades ha llevado atado al cuerpo un silicio que le provoca dolor. Las heridas del metal han cicatrizado una y otra vez, han sangrado una y otra vez, pero aún así se sabe pecador. Ha ofendido a su creador, a su redentor. Por eso sigue: *¡Qué lágrimas!* —escribe con tinta, pero también con la sangre de su cuerpo—. *¡Qué lágrimas son bastantes a llorar el haber Yo mismo, Yo mismo con mis mismas manos despedazado la túnica de la gracia que vos me vestisteis en el Bautismo!*

Una fiera —él mismo— la despedazó. No fue el demonio. No fue la carne. No fue el mundo. Fue él mismo, Juanico. Juan. Don Juan de Palafox, el bastardo, el heredero, el obispo, el virrey, el odiado enemigo de todos. El hereje, el excomulgado. Y escribe:

Yo, yo, yo. Miserable, pecador, bruto, ingrato, fementido, aleve, traidor. Yo fui la pésima fiera que a mí mismo y en mí mismo me despedacé la túnica de la gracia. Yo, vil. Yo, cobarde, soldado. Yo, Jesús mío, el Autor de mi daño. Yo, el que había de condenarme. Yo, el que había de ser enemigo común.

Yo, el desgraciado.

Llora. Llora como no lo ha hecho desde que era niño. Y como entonces, ahora, tantos años después, no hay nadie para consolarlo.

Solo el silencio. Y la lluvia, que no para.

1600

El Moisés de Fitero

En su cabeza solo se repetía, alternándolas, las frases «si hubiera», «si no hubiera». Era demasiado tarde. No podía detener el paso del tiempo ni retrocederlo. Quería justificarse al sentir como castigo de Dios la vergüenza de contemplar que su vientre se abultaba contra todos sus deseos. Cada mes sería peor. Decirle al joven Jaime de Palafox y Rebolledo que sus actos de amor y lascivia tendrían consecuencias en pocas semanas, era improbable: él había partido. Jaime le había dicho que ingresaría en breve a la vida secular, tal tenía previsto desde hacía años. Ana de Casanate y Espés no se había atrevido siquiera a pedirle que mejor se quedara a su lado para hacer una vida juntos. Nunca habían hablado de un futuro en común. Ana, con casi treinta años, sentía, después de años de viuda, que conoció por primera vez en esas tardes febriles la enfermedad de la sensualidad y el deseo. Las familias de ambos, de gran abolengo y muy conocidas en el reino, ni siquiera guardaban sospecha de que, tras algunos viajes del primogénito del marquesado de Ariza a la región de Aragón, específicamente a Tarazona, había nacido aquella relación irracional con la joven. Sus encuentros se podían contar con los dedos de la mano. La necesidad de Ana de sentirse amada la hizo vulnerable a la recia estampa y las palabras dulcísimas de Jaime de Palafox, y más de una y menos de cinco veces habían consumado oníricos encuentros entre racimos de uvas y olores oleicos. No es que le hubiera prometido amor eterno, pero enredada en el perfume y las caricias ni siquiera había reparado en esperar más tiempo o siquiera pensar que aquello era pecado. Él, que tenía previo conocimiento de que en días próximos entraría al seminario para servir a conciencia y con el corazón a Dios, tampoco quiso reparar en el tipo de compromiso que se adquiría con la intimidad de sus encuentros. Los dos encontraron en su furtivo amor una salida a una presión interior que los despertaba en medio de la noche y los dejaba en vela con la sensación de no ser quienes se esperaba que fueran. Por un lado, Jaime, quien ya era camarero de la Seo de Zaragoza, sabía que debía comenzar sus estudios eclesiásticos en Roma bajo el auspicio del papa Clemente VIII. Y Ana, quien había abandonado toda esperanza de contraer nupcias, se sabía destinada a la compañía de sus padres y a una vida practicando la caridad y otras virtudes que como laica cristiana se esperaba procurase al prójimo. Quizá estos breves instantes de caricias serían todo lo que tendría en la vida.

La España del siglo XVII se recuperaba de la muerte de Felipe II. La situación política, militar, económica y social también pasaba por momentos de luto: la derrota de la Armada Invencible en las costas británicas le costó mucho dinero. Los ataques piratas a las embarcaciones provenientes de la América minaban sus recursos esperanzados en la extracción de la plata y otros minerales. La peste azotaba a grandes poblaciones europeas. Un panorama nada alentador se levantaba en el reinado de Felipe III, quien asume funciones en 1598. Sus primeras decisiones se apoyan en el valimiento, por el que comenzó a delegar funciones, grados y reconocimientos en lo privado. Así mismo, dio órdenes de que se iniciara, bajo la dirección del duque de Lerma, como se conocía a don Francisco Sandoval y Rojas, marqués de Denia, acciones para expulsar a los moriscos del territorio español.

El encuentro entre los Palafox y los Casanate se daría en este marco de expectativas y cambios del año de 1599, cuando los hermanos Palafox, Juan, Francisco y Jaime visitaron varias tierras entre Ariza y Catalayud. El hermano menor, Jaime, tenía la encomienda del papa de conseguir para la Santa Sede trigo en la corte de Madrid. Allí conocieron a la menor de la familia Casanate y Espés, Ana, quien a decir verdad aparentaba mucho menos edad de la que tenía; fue enviada con uno de sus once hermanos para realizar las negociaciones con los Palafox sobre la venta del trigo. A partir del encuentro, Jaime prolongó su estadía en aquellas tierras durante todo el mes. El más joven de los Palafox procuró pasar todo el tiempo posible cerca de los hermanos Casanate, en especial de Ana. Las tardes se hicieron deliciosas entre los jóvenes que departieron y celebraron el verano con sus consabidas mieles. Ana escuchaba atenta y extasiada el vasto conocimiento cultural e histórico que tenía Jaime. Su hermano ni siquiera notaba el embeleso de la muchacha hacia el invitado, quizá porque lo encontraba igual de encantador, contando maravillosas historias de tierras lejanas y otras aventuras que inventaba o bien estudiaba.

Enamorar a Ana no fue difícil y tampoco premeditado. Ana, muy secretamente, esperaba que el amor llegara después de tan tiernos encuentros, pero nada más se sorprendía a sí misma con semejantes pensamientos, volvía a concentrarse en la imagen de sus labios dentro de los labios de Jaime de Palafox. Tras los breves encuentros, a principios de septiembre, con el paulatino cambio de clima llegó el día de despedirse. Ninguno de los dos mencionó el contacto posterior, algún encuentro planeado, una visita, misivas. El acuerdo tácito era que en septiembre terminaría su pequeña historia sin nada más que buenos recuerdos: no lágrimas, lamentos o tristeza. Los dos se abrazaron. Los negocios entre las dos familias habían sido fructíferos y ya nada quedaba pendiente entre ellos más que la imagen de un caluroso y placentero mes de agosto.

Ya amenazaba el otoño, los pinos se iban desnudando, cuando Ana supo que algo terrible le pasaba dentro. Se lo negó durante varias semanas hasta que no pudo sino aceptar que tendría, tarde o temprano, un ser vivo fruto de aquella furtiva relación. A Obdulia, su criada, fue a la única que le confesó lo que le estaba sucediendo. Por eso Obdulia le dio algunos tés de hojas para tratar de que la criatura se malograra, pero fracasó al final. Ana, entonces, se empeñó en bajar y subir colinas y escaleras. Se dedicó con más ahínco a ayudarle a la servidumbre a realizar los quehaceres de la casona. Todo, con tal de que se desapareciese aquel que crecía invadiendo su cuerpo y su voluntad. Ana no derramó una sola lágrima. Excepto cuando iba a celebrar la misa y suplicaba a Dios y a la Virgen de la Soledad que la hiciera pasar de aquel dolor. Ana tenía cuatro hermanos en la vida religiosa y una gran fe, con la que esperaba ser salvada del fatal destino. Con mucho pesar suplicaba a la madre de Dios que la ayudara como mujer y santa a pasar de aquel futuro inevitable porque ella no quería aceptar ese —para ella— fatal designio. Pensó en morir cuando ya estuviera el producto tan grande que pudiera vivir por sí solo. Igual en el parto ella se quedaba como tantas mujeres lo hacían: sin vida y languideciendo en el lecho. En sus últimas desesperadas gestiones por encontrar una salida al fin de su existencia, quiso buscar a Jaime de Palafox, pero le llegaron noticias de que acaba de ser nombrado camarero secreto del papa Clemente VIII y seguía con gran entusiasmo su carrera eclesiástica.

En casa, Ana comía poco, cada vez menos al ir notando el avance de su gravidez. Sus padres estaban preocupados pero todo lo atribuían a la hidropesía que sufría Ana por grandes periodos. Solo Obdulia sabía de la verdadera tribulación de la joven y del irremediable fin que tendría ese pesar. Aprovechando la confusión en su casa, despertó Ana aquella mañana con el corazón acidulado repitiéndose «si hubiera». Ya no había vuelta atrás. Su cuerpo le avisaba que en breve se partiría en dos para dar vida a alguien más que no era ella. Así que junto a su fiel criada partieron a Fitero, a los baños de aguas termales, con el pretexto de curarse de aquella enfermedad que la obligaba a retener tantos líquidos y sales. La verdad era que

Ana anhelaba el instante en que dejara atrás esa sensación de posesión y náusea constantes. Que desaparecieran esas ganas de llorar sin lograr hacerlo nunca mientras sentía cómo en la noche resbalaban por sus mejillas silenciosas lágrimas que no podía controlar. Deseaba dejar atrás las fajas que le trituraban la cintura y las costillas tratando de disimular el indeseado embarazo. Así que el día que su intuición le indicó sería el último, partió con una cesta de ropa acompañada de Obdulia. Era junio de 1600 y el calor se hacía, sobre todo para Ana, insoportable. El carruaje las dejó cerca de las aguas porque Ana se empeñó en caminar cargando aquel equipaje. Era la madrugada del 24 de junio. Con Obdulia ayudando cuanto podía, se internaron en los montículos junto al río y allí, sin más emoción que la de un moribundo que llega al límite, salió a la luz el niño más pequeño que la criada había visto. Emergió del cuerpo de la madre que creyó morirse con el dolor al sentir el desprendimiento de todas sus entrañas.

—Señora, ¿escuchó su llanto? Es un niño hermoso y se ha calmado de inmediato. ¿Quiere ver su carita de ángel?

Ana no contestó, estaba desvanecida, solo musitó algunas palabras:

—Llévatelo lejos, Obdulia. Aléjalo de aquí para siempre.

La criada envolvió en las mantas de la canasta a la minúscula y débil criatura que se quedó dormida al instante de sentir la suavidad y el calor de las telas. Obdulia lo dejó a un lado, entre dos arbustos para resguardarlo de la brisa del amanecer y se dedicó con prestos movimientos a curar a su ama que parecía no respirar, pero que se sabía viva por la cantidad de lágrimas que vertían sus ojos. Después de que Ana cayó vencida por el sueño, Obdulia tomó el pequeño bulto y se lo llevó sin rumbo fijo. Iba saltando piedras, varas, rodeando arbustos y librando árboles entre la poca luz que dejaba pasar la alborada. Por fin llegó a un claro al lado de la ribera y dejó ahí al pequeño. Luego salió corriendo con el corazón despavorido como si la persiguiera el mismo diablo. Se detuvo en seco y con la misma rapidez y agilidad regresó al punto donde había abandonado el bulto de mantas que cubrieron el pequeño cuerpo. Cuando llegó vio a un aldeano tomar en sus brazos al niño que lloraba desesperado por el abandono, el frío y el hambre. El hombre trató de mecerlo y mojó en agua la punta de la manta que metió en la boca del niño para que succionara algún líquido. La criada se escondió para presenciar aquella escena sin ser culpada por semejante acto inhumano. A todos lados volteó el hombre, Pedro Navarro, que no dejaba de apaciguar a la criatura. Gritó, incluso, si alguien vivía. Pero nadie respondió a su llamado y tampoco percibió los ojos asustados de Obdulia, quien observó cómo rescataban, un poco para su alivio cristiano, al niño que vio nacer entre tanto llanto y arrepentimiento.

Cuando la criada regresó a donde se había quedado su señora, ésta ya estaba arreglando los últimos rastros de lo sucedido en las primeras horas del día. Sin emitir palabra, ambas tomaron las cosas que quedaron en el suelo y caminaron, ahora sí, hacia los baños termales donde permanecieron dos días antes de regresar a su casa envueltas en un silencio mortal, el gélido mutismo de la culpa.

Pedro Navarro era sastre de profesión y estaba casado con Ana San Juan con quien había concebido dos hijos, una de tres y otro de dos a quien acababan de destetar. La familia vivía en el Cortijo y eran vecinos de sus parientes, Fernando y María, que acababan de dar a luz, días antes, a Cosme. Al llegar a su humilde casa, Pedro entregó a su mujer el frágil bulto, que parecía estar hambriento. Ana San Juan lo llevó con su prima para que lo alimentara, generosa, con parte de lo que le tocaba al pequeño Cosme. De esta manera fue recibido, con gran ternura, el que sería bautizado con el nombre de Juanico Navarro seis días después de su llegada, ante la prisa, sobre todo, de hacerlo hijo de Dios por si no sobrevivía al ajetreo de los primeros días de su precaria vida. Sus padrinos, Miguel de Cuenca y Casilda, aceptaron con gran responsabilidad el convenio establecido en la iglesia abacial de Fitero de fungir como segundos padres. Así recibió las aguas bautismales quien parecía destinado a la muerte. A sabiendas del accidentado nacimiento que había tenido su ahijado, la dedicación y el cariño se estrecharon en torno suyo, el arropo cálido de la piedad.

Transcurrieron en plena calma los primeros meses de vida del infante Juanico en la villa de Fitero. De su verdadero origen nadie comentaba nada. Tan tranquilos sus días como si hubiera nacido de las mismas entrañas de Ana San Juan y las mismas ganas de Pedro Navarro. A los nueve meses su nodriza quedó embarazada de Eufemia y tuvieron que recurrir a pan mojado en vino para alimentarlo. El abad don Ignacio Fermín de Ibero, muy relacionado con la nobleza navarra y aragonesa, estaba muy al pendiente de aquella criatura de nacimiento incierto y no dudó en identificarlo de inmediato cuando llegó Obdulia, atribulada, a pedirle consejo sobre el gran remordimiento que sentía por lo que hizo por órdenes de su patrona, la señora Ana, nueve meses antes. El abad la absolvió, aunque no sin una gran penitencia y la seguridad de que el niño al que habían deseado la muerte crecería sano y feliz en una familia piadosa de aquella pequeña comunidad.

Ana respiró aliviada cuando su incondicional Obdulia le comunicó que su hijo vivía a pesar de todo. Por consejo de su hermana Paula, que profesaba en las carmelitas descalzas desde hacía tres años, Ana fue a visitar al obispo De Yepes. Quizá con él lograría curarse de ese mal de corazón que la tenía en los huesos, con el cabello ralo de las enfermas terminales y con unas ganas infinitas de entregar el alma a quien se la dio.

1609-1617

Y un día tuvo un padre

Un día martes de mayo de 1609 que salió con las ovejas acompañado de Cosme, Juanico se encontró en la calle de Charquillos a don Fermín, el enviado de don Pedro Jaime de Palafox y Rebolledo. Desde los seis años tenía grabado en su memoria el nombre completo de quien económicamente lo mantuviera casi en su totalidad desde las sombras de la discreción. Cada mes, don Pedro enviaba a su mensajero de confianza, un hombre sordomudo que mucho cariño le había tomado al hijo no reconocido del señor de la casa de Ariza, a entregar viandas y algunos ducados a la familia Navarro. Dinero sin el que su padre adoptivo, Pedro Navarro, hubiera pasado tremendas penurias, Juanico sabía bien.

Juanico tenía nueve años, vivía feliz con su familia adoptiva, con Ana, Andrea e Isabel, las hijas más pequeñas de los Navarro. Con Cosme y Eufemia, los hijos de su nodriza. Todos corriendo y escondiéndose con otros párvulos por las calles empedradas del pequeño pueblo de Fitero, que cerraba su muralla entrado el amanecer para defenderse de los bandidos. Juanico no tenía tiempo de ocio entre la recolección de frutas u hortalizas; ayudando en el pastoreo del rebaño familiar o acudiendo a la escuela donde se esmeraba por aprender a leer correctamente, sobre todo en el último año, en que don Pedro Jaime de Palafox, mediante el criado Fermín, se encontraba al tanto de sus avances y pedía más y más informes. Algunas veces, Juanico, por intermediación de su maestro Domingo Ezpinaga, hacía visitas a la primera imprenta de los monasterios navarros. Le causaba gran asombro aquel invento que podía llevar con tal facilidad los pensamientos de los hombres a otras tierras. Lo dejaba boquiabierto la gran biblioteca de la que gozaban los monjes. Las pocas veces que pudo visitarlos, les preguntaba por qué no podían entrar todos los niños, o la gente del pueblo. Creía que era una diversión internarse por esas hileras de tantos y tantos libros. Tener a la mano el conocimiento entero. Tocar los grabados que ilustraban aquellas historias de la Biblia. Su maestro disfrutaba el entusiasmo de su pupilo favorito y cumplía a cabalidad con el encargo del señor de Palafox de educarlo con el esmero con el que se forma a un príncipe, o al menos al hijo de un marqués.

Ana San Juan y Pedro Navarro, por su parte, querían al pequeño Juanico sin duda alguna. Lo habían criado para proporcionarle un carácter fuerte y con recia voluntad. Solo así, pensaban, algún día se repondría de haber nacido entre harapos, envuelto en una canasta que bien podría haberse perdido río abajo, como con Moisés. Admiraban su tenacidad en todas las tareas impuestas. Pocas veces dejaba alguna sin terminar bien, y lo hacía sin errores. Muchas veces, incluso, les causaba sendos dolores de cabeza la poca tolerancia a la frustración que tenía, principalmente cuando las cosas no concordaban con lo planeado o cuando otras personas no hacían lo correspondiente para concluir algún deber. El carácter de su hijo adoptivo les daba gran confianza para encargarle distintas responsabilidades muy por encima de las que correspondían a su edad.

No era raro entonces dejarlo a cargo de sus hermanos putativos y de los sobrinos, sobre todo cuando salían a pastar a las ovejas. Cualquier mandado era mejor realizado por el niño Juanico que por los hijos verdaderos.

Cuando don Fermín reconoció en la calle al niño del marqués de Ariza, lo saludó gustoso, con los sonidos guturales que su mudez le permitía y una sonrisa de oreja a oreja, sacudiéndole fuertemente la mano. Don Fermín era sordomudo pero se hacía entender muy bien, pocas veces tenía algún problema para dar recados o hacer mandados tal cual lo solicitaba el señor de Ariza. Juanico le respondió más reservado el saludo y le ofreció ayuda con los varios paquetes que don Fermín cargaba. Al niño le pareció raro que llegara sin carruaje a la casa de su padre Pedro y le preguntó, mirándolo fijamente para que don Fermín no le perdiera sílaba, cómo se había venido desde las tierras de Zaragoza así desprovisto. Fácil se dio a entender don Fermín. Le explicó a Juanico que por mandato del duque de Lerma, quien venía a los baños termales, se habían cerrado las puertas de Fitero, dejando entrar a los externos a la población solo a pie con el fin de controlar la seguridad del poblado. España se encontraba envuelta en muchos y muy diversos conflictos, entre ellos la expulsión, hacía algunos meses, de los moriscos.

Por fin Felipe III, tras un acuerdo con los Países Bajos, la tregua de los Doce Años, hacía real la expulsión de los aljamiados y sus herejías, situación que había puesto en predicamento a más de uno pues se habían dado varias calamidades a partir de este hecho. Sin embargo, la región donde habitaban los Navarro y los Palafox todavía no sucumbía al desorden social; incluso, varias familias de judíos se encontraban refugiándose con otros familiares en aquellas tierras. Por eso, de repente, poblados con muralla como Fitero entraban, sin avisar, en un estado de alerta, sobre todo si se trataba de días como Corpus y san Bernardo, cuando acudían autoridades y gente de la nobleza española. Era como el grito silencioso de un *sálvese quien pueda* que ante los forasteros ocultaba a quienes se sabía y aceptaba distintos. Se habían terminado para España los tiempos de la tolerancia.

Ese día de Corpus, de gran fiesta y algarabía, Fermín portaba para la familia Navarro, como siempre, un gran saco de regalos. La llegada del enviado del señor de la casa de Ariza a Fitero era motivo de gran fiesta pues siempre venía cargando algún obsequio especial para cada uno: alguna peineta para el cabello de Ana San Juan, tela o hilos importados para el taller de Pedro, dulces y panes para los niños. Y por supuesto muchos libros y ropa para el hijo natural de Palafox: Juanico. Así que nomás se encontraron en el camino, Cosme, el hijo de la nana María, ayudó con ahínco a cargar algunas bolsas de manta llenas de presentes, y dos canastas que se presumían con aceites, pan, carne seca.

Emprendieron los tres el camino, cuesta arriba, hacia la casa. Don Fermín iba platicando como podía, más entusiasmado que de costumbre, manoteando para ayudarse a comprender. Parecía que, además de las viandas, traía buenas nuevas. Al llegar a la casa de los Navarro, Juanico tocó la campana para anunciar que habían llegado, pero se pasó como el dueño del lugar. Se asomaron los niños, todos entre los ocho y los cinco años: Eufemia, delante de las madres, Casilda y su prima María. Con un caminar más lento, adolorido, salió al encuentro el jefe de la familia, Pedro. El bullicio que hicieron los niños quitándole las cosas de las manos a don Fermín era un cuadro delicioso. Aventaron los sacos llenos de obsequios y se arrodillaron junto a ellos. Los niños exclamaban jubilosos cada vez que mamá Ana sacaba algo de su interior. Don Fermín solo se quedó una bolsa que no quiso soltar por nada, explicando que esa no podía entregárselas, al tiempo que la apretaba con fuerza. Juanico, de pie, sonreía. El enviado del marqués de Ariza entregó un sobre a don Pedro. Éste lo abrió, quitó el sello de cera rojo y leyó atento el papel de pergamino. Tomó asiento. Se quedó muy serio.

—Después de todo, señor don Fermín, Juanico es hijo, ante Dios y ante todos nosotros, del señor don Pedro Jaime de Palafox. Nosotros solo lo criamos conforme a nuestra religión y a favor de este reino de España. Cuando el señor de Ariza disponga, y con el beneplácito de nuestro señor Dios, puede disponer de la vida y destino de Juanico —dijo don Pedro Navarro, con gran solemnidad.

De pronto, todos en la casa guardaron total silencio. Dejaron sobre sus faldas o en el piso, en señal de expectativa, los regalos que traían entre las manos. Ana San Juan y María lloraron. Don Fermín tenía los labios apretados, nervioso. Cosme dio una palmada en la espalda de Juanico y el niño musitó algo quedito, quedito. Nadie pudo escucharlo. Parecía que hubiera dicho una oración. En ese momento, don Fermín se acordó de la bolsa que traía para el niño Palafox y se la entregó. Juanico le sonrió al recibirla y se fue a las recámaras para abrirla en privado. Lo siguieron Cosme y Eufemia. Ana San Juan ya solo sollozaba. Don Pedro tomaba agua, absorto en sus pensamientos. Le invitó un poco de agua y pan de sal a don Fermín, quien asintió. En la recámara del fondo estaban los tres niños sacando del saquito de manta blanca ropa de otro linaje y telas hermosas; pantalones y sacos muy distintos a los que usaban en esa casa todos los días. Había algunos libros, también. Todo eso, asentía Juanico, se lo había enviado su padre natural, don Jaime de Palafox y Rebolledo. Cosme y Eufemia no dejaban de musitar maravillas al sentir las telas y hojear los libros llenos de grabados. Pedro entró a ver a Juanico y les pidió a los otros dos chicos que salieran de la habitación. Ambos fingieron hacerlo y se escondieron tras la puerta de la recámara contigua para escuchar sobre el asunto de tantos regalos, lo dicho por su progenitor y la seriedad que los adultos mostraban al respecto. Juanico ya sabía a qué venía su padre postizo porque tenía la misma cara que cuando, hacía tres años, le contó que él lo había recogido en los baños termales apenas unas horas después de nacido y que su verdadero padre, muy cercano al rey y al papa, había visto por él desde sus tres años de edad. La revelación fue un hecho que no sorprendió tanto al niño, que ya sabía que no pertenecía del todo a aquella familia, pero sí le abrió un hueco en la boca del estómago que nunca más supo cómo tapar. Don Jaime de Palafox, su verdadero padre, al enterarse de su existencia cuando Juan tenía tres años, quiso ayudarlo estando muy pendiente de su comportamiento y de que fuera a la escuela apenas cumpliera cinco, así como que no le faltara alimento y aprendiera otros menesteres que lo hicieran un hombre juicioso. En ese año, 1603, Jaime aún permanecía en Roma como camarero secreto del papa Clemente VIII pero la repentina muerte de su joven hermano Juan lo obligó a regresar. En su estadía decidió, ante la falta de estirpe de su hermano Francisco, casarse con su sobrina Ana de Palafox a quien contó, de inmediato, lo que su atribulada alma guardaba: la existencia de su hijo natural. Ana de Palafox, con dulcísima paciencia, pidió a su marido traerlo a vivir con ellos. Y si desde que se enteró de su existencia don Jaime no había desamparado económicamente a su hijo, cuando estuvo ya en España, y ante la propia incertidumbre de descubrir la verdad de su vástago a la sociedad y al propio niño, mediante su fiel y servil Fermín procuró al menor desde lo económico hasta lo espiritual. Don Fermín tenía como principal tarea ir cotidianamente al pueblo de Fitero para pedir referencias del niño Juanico y regresar con las noticias al patrón. Durante varios años así lo había hecho, volviéndose un personaje conocido no solo por la familia Navarro, sino por todo el pueblo que rumoraba los posibles intereses de las constantes visitas del siervo de los Palafox y Rebolledo. Durante todos estos años, Juanico nunca había visto el rostro de su benefactor. El uno y el otro tenían nada más un lazo de compromiso, invisible, de mutua pertenencia, pero sin un rostro claro de a quién se debían.

Aquella noche en la que esperaba una nueva revelación de su padre adoptivo, Juanico lloraba en silencio como en aquella otra, lejana, en la que cumplió seis años y supo la historia de su origen. Cuando Pedro Navarro le dijo que era un milagro que estuviera vivo, sobre todo después de los primeros años de pan y vino, Juanico entre sonrisas y llanto supo que le debía mucho a ese buen hombre y más a Dios. Le pidió, pues, al único padre que hasta entonces conocía, que lo dejara un poco solo y que les pidiera a sus hermanos un par de minutos antes de volver a la habitación que compartían. Sin embargo, después de esa noche nunca más volvieron a tocar el tema. Juanico no quiso preguntar nada más por temor a no contener el llanto dentro del pecho y exponerse a preguntas por parte de su familia adoptiva. Y sobre todo, guardó silencio por miedo a que le doliera aún más. Tampoco preguntó nada sobre el paradero de su madre, o sus motivos para abandonarlo cerca de los baños termales. Tenía un temor a descubrir algún hecho que lo obligara a guardar malos pensamientos. Sin embargo, por varias pláticas de los vecinos o de las propias mujeres, como Ana y María, Juanico se fue enterando de otros detalles de su nacimiento, como el hecho de no ser deseado por su madre, una joven de buena familia que no estaba casada, o de que la criada, desobedeciéndola, en lugar de deshacerse de él lo entregó a don Pedro, su actual padre.

Juanico, a quien le gustaba pastar solo a las ovejas, después de enterarse de tantos detalles sobre su corta vida, inició charlas directas con el cielo. Estuviera quien estuviera en las alturas, tenía que amarlo demasiado para haber desairado las decisiones de sus padres y seguir con vida bajo el resguardo de tan piadosa familia. Aceptó así, como quien acepta haber nacido aquí o allá, ser hombre o mujer, nacer cordero o vaca, su condición diferente a la de sus hermanos. Entendió también que don Fermín era el encargado de pasar las noticias al patrón y traerle a él lo que éste le enviaba. Sabía que cada que llegara, don Fermín le pediría que le leyera alguna cosa, cualquier tontería, como para asegurarse que su avance en la escuela iba bien, y así entregar buenas cuentas al señor de la casa de Ariza.

Con los años, Fermín y Juanico se fueron haciendo amigos. Había días en que Juanico pensaba sinceramente que su padre era don Fermín, y no aquella sombra cuyo físico desconocía. Soñaba, igual, que seguía al criado para encontrar al responsable indirecto de que su vida estuviera llena de obsequios; al responsable de que estuviera él en el mundo. Deseaba con todo el corazón besar algún día la mano de aquel gran señor de la élite de Ariza al que debía su gestación; quería ver sus ojos, encontrarse parecido a alguien. Y luego aparecía entre sus somnolientas imágenes la figura de una mujer muy dulce, dulcísima. Tenía el mismo aspecto de la virgen que guardaba en la sacristía el cura de Aldehuela de Periáñez, don Miguel de Lara: vestida de azul y blanco, con encajes y falda amplia, de sonrojadas mejillas y cabello tan suave como el de los cabritos recién nacidos. Una mujer que, entendía el niño, era su madre, a quien tampoco le habían preguntado si quería parir un hijo.

Así que ahora se repetía la historia de confidencias entre ambos, Pedro y Juanico.

—Supongo que como siempre, usted sabrá ya lo que le voy a decir, hijo —comenzó don Pedro con un nudo en la garganta, a lo que Juanico solo asintió abriendo más grandes los llorosos ojos.

—A su padre, don Jaime de Palafox, le han venido deseos de que crezca usted con sus medios hermanos. Ahora ya no va a Zaragoza, se ha establecido en Ariza y lo manda llamar. Estoy seguro que todo esto será por su bien, querido hijo. Aquí nosotros lo vamos a extrañar y estará en nuestras oraciones diarias, pero no habrá mejor futuro para usted que crecer con los de su familia.

Juanico solo acertó a darle un abrazo sentido, abarcando toda la humanidad que contenía a aquel gran hombre, quien se quedó primero perplejo y luego lo correspondió con el mismo abrazo apretado. La noche había sido muy larga y tras una oración muy sentida, Juan, Juan de Palafox, cerró los ojos sin esperar que regresaran a la alcoba los demás hermanos. ¿Qué podría esperarle en la casa del marqués de Ariza? ¿Quién era él para osar, siquiera, pisar el marquesado?

❧

Al amanecer, o poco antes, Juanico se despertó y prendió una lámpara de aceite. Tomó papel y mojó su pluma. Inspirado comenzó su carta al padre natural, al que por fin conocería. Primero se disculpó pues no hacía mucho que había aprendido a escribir, merced a los esfuerzos del maestro Domingo Ezpinaga. Después, proseguía su misiva, quería agradecerle todo lo hecho y por mandarlo llamar, prometiendo absoluta lealtad a lo que él dispusiera ya que, después de todo, por gracia de Dios él era su auténtico padre. En sus últimas líneas le suplicaba que, aunque él ya no viviría con la familia Navarro, no los abandonara de su mano bondadosa, pues muchas carencias pasarían entonces. Al final estampó su nueva firma, de la que dudó varios minutos pero que por fin garabateó convencido: Juan de Palafox.

Mucho le dolió al niño de casi diez años dejar el único hogar que había conocido. Lo despidieron con llantos contenidos unos y descarados otros, como Eufemia y su buen amigo Cosme. Un carruaje tirado por orgullosos rocines lo llevó hasta Ariza, donde lo esperaba su nueva familia. Al llegar al palacete de arcos infinitos, Juan no atinó a emitir sonido alguno. Tragó saliva. Salieron los criados que tomaron su atado de ropa y otros objetos y libros que llevó consigo. En cuanto cruzó el umbral de piedra y pintura de oro, saltaron a su encuentro tres niños: Lucrecia, Violante y Francisco. No tenían más de tres o cuatro años. Juan les sonrió y ellos al momento se apenaron, escondiéndose tras su madre, Ana de Palafox Doris Blanes, que también daba la bienvenida al primogénito de su marido. Con gestos muy infantiles le ofreció su casa al recién llegado, sin saber bien a bien cómo dirigirse al marquesito.

Ese día, al caer la tarde, llegó el encuentro anhelado entre el padre y el hijo. Al verse frente a frente, ambos, con cierta tozudez en el rostro, se dieron un abrazo silencioso, profundo, sin atreverse a palabra alguna. Juanico pensó si algún día podría decirle *padre* sin pensar en Pedro Navarro, si alguna vez esto le parecería una vida, lejos de Fitero.

En la cena, a la luz de varios candiles, don Pedro Jaime, con la mirada iluminada, explicó a su primogénito que muy pronto sería enviado a estudiar a Tarazona bajo la sombra de fray Diego de Yepes, el obispo del lugar. Juan asintió ante las órdenes de su padre y bajó la mirada al tiempo que sonreía a Francisco, su medio hermano más pequeño, quien no quitaba su rostro de asombro ante la sorpresa de tener en casa a ese muchacho tan simpático que le hacía toda clase de señas y muecas.

Después de la cena, don Jaime ordenó que les sirvieran los postres en la biblioteca. Mandó llamar a Juan. Ambos se sentaron de frente y la tan angustiante historia otra vez comenzó a sonar como una piedra cayendo lenta en un largo precipicio:

—Necesito obtener para ti, hijo mío, los beneficios eclesiásticos, la dispensa *irregularitas natalium,* para que nunca más seas señalado por los pecados de tus padres ignorantes y jóvenes que no supieron cómo enfrentar las responsabilidades que Dios nos encargaba ante tu llegada. Quiero decirte, estimado Juan, que si tu madre actuó ciega ante el dolor, la vergüenza y la ingenuidad, ahora es la mujer más santa que hay sobre la tierra. Jamás ha dejado de llevarte en su corazón y devotamente ha ofrecido su vida a orar por tu bienestar y consagración a Dios. A su debido tiempo, te haré llegar noticias de su paradero e identidad. Ahora quiero pedirte que estudies mucho, leas y escribas durante todas las noches y sus días para que seas confirmado y ordenado de prima tonsura. De ahora en adelante, te hablaré únicamente en italiano para que sepas un poco más antes de partir al colegio jesuita —terminó don Jaime como si todo lo hubiera dicho de memoria.

Durante las siguientes jornadas, y con la intención de no sufrir de melancolía al extrañar los campos a los que llevaba a sus ovejas, Juan se dedicó a leer cuantimás de todos los libros que su padre le había señalado en un estante de su biblioteca. Ya en sus clases de Fitero se había volcado en los libros para superar sus deficiencias de entendimiento y lectura, que el profesor Ezpinaga le hacía notar. Pero aquí tenía, quizá, igual número de libros que los que veía en aquella majestuosa biblioteca, la cual aún no estaba terminada, de los monjes de su pueblo. Emocionado, el niño Juan tomaba el libro de las vírgenes, los libros de salmos, libros de coro que su padre guardaba de sus días en el seminario, cuando pretendía ordenarse antes de que la muerte de su hermano lo hiciera desposar a su sobrina, manuscritos prohibidos escritos por los moriscos. Algunos estaban redactados en griego, latín, italiano, francés; idiomas que no entendía del todo y que le causaban mucha curiosidad y deseos de aprender. En su Fitero había aprendido algo de latín de sus ejercicios literarios y de piedad cristiana. Y de sus clases de catecismo y letras sabía de la perfección de su idioma natal, el español. En esas clases en Fitero, junto a niños más grandes, las edades oscilando entre los siete y los trece, Juanico se destacó por su avidez de conocimiento y su capacidad de abstracción y memoria.

Quizá por estar tan cercano al rey Felipe III, su padre conservaba en su biblioteca personal ejemplares que habían aparecido en el *Índice de Libros Prohibidos*, como los textos de la antigüedad de Platón, Hipócrates, Aristóteles. Y Juan, que tenía una gran curiosidad por la ciencia, por la arquitectura, por las ciencias concernientes a la mente humana, tomó como entretenimiento el *De humani corporis fabrica* de Andreas Vesalius, la Biblia, *La Ciudad de Dios* y otros sermones o joyas, todas, que su padre había podido reunir con paciencia y con los años. Muchos otros libros habían llegado allí gracias a la amistad de los Palafox con los padres jesuitas y los monjes dominicos o algunos libreros que tenían gran relación con la corte. Además, su trabajo como camarero secreto de Su Santidad Clemente VIII y los beneficios eclesiásticos que alcanzó, como la tesorería de Zaragoza, le habían granjeado al señor de Ariza la oportunidad de obtener las ediciones mundiales, todo lo publicado por el conocimiento humano. Incluso había allí algunos palimpsestos y otros volúmenes de gran valor.

En los días que siguieron a la llegada del primogénito de los Palafox, su tío Francisco se encariñó con el niño mayor de su hermano Jaime. Le platicaba entonces sobre la nueva tierra, la Nueva España que tantos futuros albergaba para una sociedad tan enajenada y dividida como la española. Francisco de Palafox y su esposa Lucrecia de Moncada habían estado siempre pendientes de otorgar sendas dádivas para los proyectos de la Iglesia. Entre sus tareas tenían el haber colaborado en la construcción del convento de los franciscanos de Ariza. Además, no solo habían dado dinero, sino que estuvieron pendientes de recaudar reliquias y atesorados vestigios de santos por todo el mundo. Entre las varias prendas obtenidas estaba un nudo del cordón de san Francisco, media cabeza de san Fortunato mártir, huesos de san Marcial y san Cirilo, y muchas otras más de los principales santos venerados en España. Las historias de todos estos hombres tocados por Dios fueron tema de largas pláticas entre el tío y su ahora predilecto sobrino. Desde su interior, Juan quería aprender todo de todos. Escuchaba atento los relatos de sus tíos. Quería memorizar cada foja de los libros que le enseñaba don Francisco. Pedía prestado de la biblioteca de su padre cuanto libro estaba al alcance de su poco más de un metro de altura. Buscaba hacerse grande ante los ojos de su progenitor y su familia natural. Quería ser querido, si no por la confianza de conocerlo desde antaño, sí por su conocimiento, virtud que era muy apreciada en el medio familiar, pues según don Jaime de Palafox, podía salvarlo de cualquier mácula que hubiera opacado su pasado. Estas grandes conversaciones con su tío hicieron, pues, más fácil la transición de Juan de Palafox a su nueva familia. Su madrastra, Ana de Palafox, también le había cogido gran cariño y lo procuraba con ricos platillos y atención a todas horas. Incluso, cuando él estaba en el clímax de una plática con el tío Francisco, se aparecía Ana de Palafox de la nada, tratando de ganar la atención de aquel niño de tan atractiva personalidad. Igual de interesados estaban sus hermanos pequeños, todos necesitaban de su deferencia, querían verse en la serenidad de sus ojos.

Otra gran compañía le significó su otro tío homónimo que adquiría ahora el mismo apellido, Juan de Palafox, primo de su padre y prior del Santo Sepulcro de Catalayud. Con él platicaba de las labores de la Iglesia, no solo como representante y portador de la voz de Cristo, sino como educador y responsable de llevar el arte a la población. Él mismo, como prior, se había empeñado en construir hermosos retablos a la iglesia a su cargo. Además, estaba pendiente de reparar, remodelar o construir más edificios con un claro sentido educativo y ornamental. Ambos, tío y sobrino, compartieron la idea de que la tarea de hacer cosas hermosas, aunque fuera en su expresión más mínima, engrandecía a Dios y alimentaba a las almas humanas.

Con su padre, cuando estaba en la casa Juan, que ahora ya no se hacía llamar Juanico, intercambió sus apreciaciones sobre las lecturas diarias. Pero no nada más las lecturas le ocupaban las mañanas mientras su padre arreglaba su futuro, también los varios lienzos que la casa de Ariza resguardaba. Su padre le decía que era un gran admirador de esa España que buscaba heredar obras que fueran testigos de su desarrollo espiritual y material. Al mismo tiempo, le contaba la historia sobre cómo se asentaron los Palafox en las tierras de Ariza y las grandes batallas en que sus antepasados habían participado para gloria de los reinos españoles.

—Los orígenes de tu familia datan del año 1381. Imagina la escena: un caballo y un jinete sobre un barco de guerra. El jinete es don Guillén de Palafox que ha llegado a Ariza y sus seis aldeas, enviado por el rey de Aragón para comprar la tierra por treinta mil libras; con gran garbo porta su armadura y la banda de capitán lo cruza. Después está la anécdota de aquella batalla en la que don Rodrigo de Rebolledo, camarero mayor de Juan II, salva la vida de los hermanos del rey Alfonso V, Juan y Enrique, en 1435 en la batalla de los aragoneses por conquistar el reino de Nápoles. La unión de las dos familias surge, querido Juan, de la boda de don Rodrigo con doña María Ximénez de Urrea y Palafox, en 1436, ellos son tus tatarabuelos. Tu familia, querido hijo, ha estado siempre cercana y servicial a Dios y al rey.

Después de los trámites que su padre realizara y su regreso de algunos días a Fitero para concluirlos, Juan por fin profería su nombre completo y limpio como Juan de Palafox. Con este hecho ya podía partir a realizar sus estudios, aspecto que más apuraba a su padre, quien vio en él gran potencial para resolver problemas y conservar datos y aspectos en la memoria, además de una notable capacidad para el perdón y la vida pía. Esto lo pensaba porque jamás había escuchado, ni directamente ni por conducto de don Fermín, algún reclamo o disgusto por sus primeros años lejos de la verdad y de las bondades materiales de las que su familia natural disfrutaba.

Juan tenía que ir a Tarazona a comenzar su educación formal con los jesuitas. Volvía a perder la familia que nunca tuvo, no deseaba irse del todo, pero no podía contravenir las órdenes apremiantes de su padre.

Había pasado ya varios meses en la casa paterna concentrado en su lectura, en aprender hábitos y costumbres, en visualizarse un nuevo futuro. Bajo su brazo, una carta de recomendación de su padre para el obispo Diego de Yepes pesaba más que miles de ducados. Con gran humildad pero con fortaleza, don Jaime de Palafox suplicaba al obispo tomar a su hijo bajo su cuidado, sobre todo en el entendido de educarlo en las leyes de Dios y los hombres. En tono de secreto, además, le compartía sus observaciones sobre su primogénito, a quien veía con virtudes de docilidad e inteligencia suficientes para servir a Dios y al rey. El obispo de Tarazona sabía de su llegada y arregló todo para su ingreso al Colegio de san Vicente al mando de jesuitas. El niño habría de vivir en el seminario de san Gaudioso y se empeñaría, lo mismo que su padre natural, en recibir la mejor de las educaciones humanistas. El día que recibió al heredero y la misiva de don Jaime de Palafox, el obispo se había retirado temprano a orar con el corazón encendido de entusiasmo al ver cómo las piezas, cual tablero de ajedrez, se acomodaban con gran asertividad por voluntad divina.

El obispo desarrollaba un arduo trabajo con la comunidad de Tarazona y sus alrededores, siempre apoyado por el convento de las carmelitas descalzas, tareas compartidas que le habían traído grandes satisfacciones personales y profesionales, entre ellas haber conocido a una mujer extraordinaria: la muy devota Ana de Casanate y Espés. Ana, en el año de 1602, había llegado directo a la abadía del obispo, buscándolo para confesarse, pero cuando estuvo hincada para comenzar el oficio se había retractado, ofreciendo disculpas porque se creía indigna de recibir la absolución. Desde ese momento, participó de todas las misas oficiadas en Tarazona a las siete de la mañana. Traía el corazón henchido de lágrimas y de arrepentimiento. Todos los días, con el rostro cubierto por hermosas mantillas bordadas, la mujer lloraba a veces en silencio, otras con grandes congojas que no podía controlar al momento de la consagración. Nunca se atrevía a comulgar. Solo participaba de las oraciones y el resto del servicio lo pasaba con la mirada baja y los sollozos contenidos.

Después de algunos meses, por fin la mujer sació la enorme curiosidad del obispo sobre su tristeza infinita y se acercó, en un nuevo intento, al confesionario. Al inicio no logró hablar porque las lágrimas le brotaban a borbotones. Tardó varios minutos en conquistar la calma y hablar de lo que su corazón tanto se avergonzaba. El padre De Yepes salió del confesionario a su encuentro y la invitó a sentarse a la luz de los cirios de aquella Pascua que comenzaba. Tomó sus manos para darle fortaleza, y Ana de Casanate comenzó a vomitar el veneno que la carcomía:

—Yo confieso, padre, que he pecado. No merezco ni siquiera el nombre que porto. Soy la mujer más miserable que haya pisado esta tierra. Me acuso, padre, de haber faltado a todos los pecados que pueda enumerar la Ley de Dios. Falté a todos los Mandamientos y estoy segura que me he de condenar para el resto de mis días después de que muera. No quiero vivir, pero tampoco puedo morirme por el terror que me causa verme eternamente alejada de la mirada de nuestro señor Jesucristo. Suplico el perdón, ya que es imposible hacer que el tiempo vuelva.

Otra vez la mujer rompió en llanto y tardó, nuevamente, en recuperar el aliento para seguir su confesión, tan dolorosa. El confesor no quería interrumpir la inspiración, temía que cualquier movimiento o sonido de su parte le hiciera perder a aquella mujer la calma o la continuidad de esa trágica historia, de ese deseo de desnudar el alma de manera tan vergonzante. Así que el obispo respiraba lentamente. Sus manos también sudaban. Pero intentaba no parpadear, no moverse, no emitir con la mirada juicio alguno. La triste pecadora siguió su relato:

—A él lo conocí y creí conocerlo desde siempre. No recuerdo el día exacto en que supe su nombre y me miré en sus ojos. Nos hicimos de pretextos para coincidir en la plaza, en las calles, en la iglesia. El respeto entre el señor Palafox y yo fue absoluto. Siempre me dejó claro que su intención era ordenarse sacerdote, consagrarse a Dios y al conocimiento. Estudiar para alimentar el alma y el pensamiento. Así lo creí yo, señor mío. Lo veía como si cada palabra suya fuera sagrada, fuera verdad. Y entre la miel que succionaba de sus labios, y envuelta en el perfume que expedían sus manos, no sé cómo, o no quiero recordarlo, me di cuenta de las consecuencias de jugar a las sensualidades de la carne. Pequé, oh Dios mío, y como una piedra que se despeña cuando nadie se da cuenta, desde la punta de la más alta montaña: mi voluntad, mi fe, la valentía y la esperanza se derrumbaron. El terremoto causado no pudo tener peores consecuencias y mi vientre se fue abultando. Cada mes tenía más dificultades para disimular mi estado de gravidez. Al pecado orillé hasta a mi servidumbre.

Obdulia, mi criada, se encargaba de fajarme hasta sacarme el aire todas las mañanas. Los malestares los curaba con infusiones de hojas de azahar. Al inicio ella misma me había recomendado todo tipo de remedios para que no se lograra el fruto de mi pecado. Pero no hubo nada que le impidiera a ese niño nacer. Así que una mañana, antes de que toda la casa despertara, salimos Obdulia y yo muy temprano hacia los baños con sendas canastas de ropa para lavar. Mi madre había notado que mis medidas se hacían robustas pero creía que era la edad y la enfermedad de la hidropesía.

Las manos le sudaban a aquella mujer que con cada palabra se hacía más pequeña. Los ojos, de tanto llorar, apenas dejaban ver el verde oliva de su iris. El padre De Yepes no perdía palabra de la historia que lastimaba a la confesante.

—Al llegar cerca de los baños nació, contra mi voluntad, aquella criatura a quien ni siquiera toqué o vi. No quise escucharlo o rozarle siquiera una mano. Supliqué a Obdulia que no me dijera qué sexo tenía, qué ojos o labios. Cuando escuché su llanto fue más doloroso que una espada que me atravesara porque había deseado con toda mi alma que naciera muerto, por lo menos muerto al respirar el aire frío si no había querido morir dentro, en mi propio vientre. Le indiqué a mi fiel Obdulia que se lo llevara, y que lo ahogara ella misma. Que lo hiciera de inmediato porque todavía no bajaba alma alguna, o recuerdo, o sentimiento. Le dije que esa criatura no sentía nada más que el instinto, como los becerros cuando están fuera del vientre.

»Obdulia —le dije— la conciencia solo nos llega con los años.

»Mi fiel criada lloraba mucho. Me suplicaba que le viera la carita de ángel. Pero no le hice caso y la obligué a cumplir con mi mandato. Ay, señor obispo, usted que tiene el poder de perdonarme, compadézcase de esta miseria que soy yo. Quiso Dios arrebatar de mi insensatez a aquel hombrecito parido de mis entrañas e iluminar su camino. Obdulia me confesó meses después que en el camino a abandonarlo a su suerte se topó con el sastre Pedro Navarro, de Fitero. Él le arrebató al niño, al que bautizaría como Juan y que nunca sabría de su terrible nacimiento. Esto sucedió hace casi dos años, que para mí han sido una eternidad, un fuego lento, querer morir todos los días. Me avergüenzo de mí y de mi ceguera. No soy digna de nadie, mucho menos de ser hija de Dios. Le suplico, padre mío, decida en qué puedo mejor servirle, como la última y más insignificante de sus siervas. Cualquiera que sea la tarea que usted decida darme, la acataré con toda la voluntad que jamás he tenido. Por favor, señor mío, tómeme porque mi vida nada vale y de nada sirve si no consigo un poco de misericordia. Yo sé que jamás podría ser perdonada por el crimen más inhumano que una madre pueda cometer. Pero también sé, señor, que estoy arrepentida y que estaba loca de dolor, de vergüenza y de ignorancia. Yo no había pedido engendrar a nadie y quiso la voluntad de Dios darme tan grande lección. Sé, desde que tuve la dicha de saber que seguía con vida, que ese hombre nacido de mí, pero nunca mi hijo porque yo no lo permití, vive con una familia, nada le falta y ha sido bautizado bajo las leyes de Dios y de este reino.»

Ese día, el obispo De Yepes no le dio la absolución. Le dio el consuelo que puede dar un amigo desconcertado ante la tragedia de su par, pero que no sabe qué hacer con la historia apenas oída. La escuchó llorar y luego sollozar, mientras entonaron algunas oraciones y jaculatorias para recobrar la calma. Durante varias horas, de la mano rezaron juntos. Esa noche, Ana de Casanate se fue tranquila a sus aposentos. Durmió como hacía más de tres años no podía hacerlo: sin derramar lágrimas y sin contracción en el cuerpo entero.

Las siguientes semanas, Ana de Casanate fue recibida, diariamente, por el padre De Yepes para servirle de ayudante, de compañía, de pupila, de limpieza, de escribiente, de lectora. Sabía que el perdón suplicado tardaría en llegar porque necesitaba un largo proceso de penitencia, pero estando cerca del siervo de Dios le daba un poco de calma a la conciencia que tanto la atormentaba.

Cuando su alma encontró el sosiego, el perdón a sus pecados llegó por la intervención del obispo De Yepes. Días después, mientras Ana de Casanate preparaba el catecismo para los más pequeños, el obispo se acercó para invitarla a ingresar, viendo que a su alma nada importaba más que recobrar el amor de Dios, a las carmelitas descalzas. Ana, que también fungió como secretaria del obispo, deseaba con vehemencia ingresar al convento, donde ya colaboraba en algunas tareas, pero hasta no ser invitada creía que no era digna de su ingreso. Después de varias noches de meditar en la propuesta, aceptó entusiasmada la invitación a trabajar y ser parte de las carmelitas, situación que por fin daba un sentido a su vida. De gran valía resultó para la congregación el ingreso de Ana de Casanate, ahora llamada Ana de la Madre de Dios, porque en ella tuvo a la más trabajadora hermana. La religiosa, quien sin saberlo estaba para el año de 1610 en los mismos lares y bajo la misma supervisión del obispo De Yepes, había tenido contacto con don Jaime de Palafox y sabía de sus planes de reconocer al pequeño Juan. Sin embargo, todavía no sabía que estaría bajo la tutela de su mismo guía espiritual.

Cuando llegó el pequeño enviado de Jaime de Palafox a Tarazona, monseñor De Yepes abrazó con tal cariño a Juan que éste se echó para atrás, extrañado por la excesiva cordialidad de aquel alto ministro, tan respetado por toda la sociedad de la región de Aragón. Tan solo se habían conocido meses antes, cuando el obispo le realizó la primera tonsura en Cetina. Juan ignoraba que monseñor ya conocía todo de él, aun antes de que su padre le hubiera pedido ver por su educación inmediata. Sabía que era aquella criatura que desafió la voluntad irracional de su madre al vivir a pesar del desamor y los desamparos primarios. Don Jaime había planeado junto al obispo De Yepes, cuidadosamente, que cada área del conocimiento estuviera cubierta para el interés y capacidad de su hijo. Para cada una de las materias extraordinarias al Colegio de san Vicente, el niño tendría un tutor especialista. Los idiomas básicos a conquistar eran inglés, alemán, italiano, francés, y el latín como base de todos. Debía cubrir algunas deficiencias de sus primeros nueve años, y alcanzar en conocimiento y raciocinio a todos los niños educados en la realeza.

El niño Palafox estaba listo y lleno de ánimo para comenzar sus clases en el colegio jesuita. El obispo le indicó que estaría él, a petición de su padre, muy atento a sus avances en la clase de leer de corrido, igual que en la de gramática media y, sobre todo, en su formación religiosa: desarrollando la virtud de la piedad.

Juan creía que nada más podía pedirle a su Dios, que al fin así lo socorría. Parecía serle suya, por un instante, toda la felicidad que antes nunca había soñado. A sus escasos diez años de edad, la ilusión de comenzar otra historia, en otro lugar, con otros personajes, tenía ocupada toda su voluntad. Ya no pensaba en por qué fue necesario enmendar su acta de bautismo, siendo que seguía siendo el mismo ante los ojos de Dios, nada más con distinto apellido.

ॐ

Sus primeras semanas con los jesuitas fueron de total inhibición. Juan se sentía abrumado tratando de seguir al resto de sus compañeros, que repetían de memoria largas oraciones al inicio de cada día y otras más pequeñas para dar lugar a una tarea diferente. Todos los niños leían con gran facilidad y recitaban el latín como si fuera el propio español. Tenían como premisa entender la lengua latina como base del conocimiento requerido para ingresar a la universidad. El pequeño Juan, a pesar de haberse empeñado en sus estudios previos a la entrada al Colegio, en un inicio no tenía el nivel de los demás, así que tuvo que pasar las primeras noches y los primeros recesos leyendo y aprendiendo lo que sus compañeros ya sabían. El obispo De Yepes puso a su disposición su biblioteca y lo ayudó, sobre todo, a calmar la angustia con que inició los primeros estudios.

Entonces, en san Gaudioso, recibió la visita de su padre don Pedro Navarro. Fue como un remanso de paz para ambos que el amor infinito que sentían el uno por el otro no había cambiado en nada por el hecho de no portar el mismo apellido. Don Pedro Navarro no podía menos que amarlo más incluso que a sus propios hijos, porque lo había salvado de ser arrojado cuando era la más inocente criatura a las orillas del río Alhama. Y con motivo de la expulsión de los moriscos en Fitero, había aprovechado para ir a ver otras tierras a fin de estar más cerca de su hijo putativo. Si don Pedro no podía ir, mandaba a alguna de sus tres hijas a que lo ayudara en los quehaceres de lavar o rezurcir la ropa. Por otro lado, su familia adoptiva nunca pasó penuria alguna porque siempre estuvo protegida por los Palafox. Juan nunca dejó de ser atendido por ambas casas. Para los dos padres se había convertido en su orgullo y el depositario de todas las esperanzas e ilusiones.

Así fueron transcurriendo las horas empeñadas en almacenar todo el conocimiento posible: alemán, italiano, francés; gramática, retórica y teología. Artes y ciencias, todo era un reto y cualquier reto, sabía bien Juan, debía superarlo. Su padre, ahora marqués, estaba al tanto de su enseñanza a ultranza supervisada por el obispo. Francisco Rebolledo de Palafox había sido nombrado marqués de Ariza, cargo que de inmediato traspasó a don Jaime, quien tenía descendencia y ya mucha experiencia en la administración de bienes, así que ahora la estirpe de Juan pertenecía a la nobleza predilecta de Felipe III y como tal debía responder en educación y cultura.

Los trabajos y los días en el colegio de la Compañía de Jesús no dejaban lugar al aburrimiento: primero la escritura, luego pasaban al ábaco para concretar los quebrados y reglas prácticas como la de tres, para después, con pocos alumnos seleccionados por su habilidad en el lenguaje, quedarse más horas a estudiar las declinaciones y conjugaciones latinas. Juan comenzó a cultivar gran afición por su clase de gramática media, donde aprendía de memoria la sintaxis y los diálogos de las *Confesiones*. En menos de medio año, Juan era de los más avezados en el estudio de la retórica y la poética, recitando hojas enteras de *De Officiis* de Cicerón y la *Eneida* de Virgilio. Sin embargo, también tenía el alma alegre, gustaba de departir con sus amigos y ponía poca atención a otras materias. Su padre le escribía casi cada semana para mantener encendidos el espíritu y el deseo cristiano de su hijo, y éste le contestaba largas y hermosas epístolas de todo lo que pasaba y aprendía en las aulas y en la quietud de su minúscula recámara.

La formación humanista de Juan incluía, también, estudios sobre las artes, la filosofía y la teología, materias que quizá en la universidad no podrían tocar con suficiente largueza y profundidad, pensaba su padre el marqués. Todos los alumnos jesuitas sabían que su meta era esa: lograr títulos universitarios que les pudieran dar más armas para desenvolverse en el mundo: para guiarlo. Sus tendencias en educación estaban al tanto de las reformas católicas y las tendencias humanistas de Europa. Además, los colegios jesuitas abrían sus puertas a otros sectores de la sociedad, extendiendo así la educación y el interés no solo por las ciencias sino también por las artes, y la convivencia con hombres de varios estratos sociales. Esta era la parte más interesante para Juan, compartir la emoción de todos sus compañeros por cada expresión artística descubierta, analizada, edificada.

El rey Felipe IV estaba muy al tanto del Colegio Imperial en Madrid, a cargo del sistema educativo establecido por los jesuitas. La Compañía tenía en sus manos, por encima de los dominicos, el control de la educación de nobles y futuros líderes del país. El rey apoyaba su iniciativa de injerir en la ciencia, en las artes y en las letras; de formar pensadores que pudieran dar a luz nuevo conocimiento a la humanidad. Así, la orden, con el beneplácito del rey y del papa, estaba acaparando el terreno de la erudición sobre todo en España, Europa y América. Sus cátedras, desde la educación de los niños hasta la universidad, incluían matemáticas, astronomía y ciencias humanas. Para el rey los jesuitas tenían el justo sentido de la disciplina y la ambición de colocar a España como la potencia que fuera en el siglo XVI. La ciencia que no era surgida desde las aulas jesuíticas, o bien tenía que emular sus métodos o era ignorada como avance por parte de la nobleza. En el inicio, la Compañía de Jesús de Madrid, año de 1560, había comenzado con escuelas de teología, gramática y retórica. El General Viteleschi rápidamente se granjeó la simpatía del rey Felipe IV, quien a su arribo le envió una carta para que fundara, con todo el apoyo de la Corona, los estudios generales en la corte. El mismo apoyo por parte de otros jerarcas de la corte, como el conde-duque de Olivares, recibió el General para sus labores educativas. Antes, en 1582, Felipe II los había apoyado para fundar la Academia, donde se impartían las cátedras de matemáticas y cosmografía. Al mismo tiempo, desde 1605 se empeñaba en la enseñanza del uso de la fortificación y el conocimiento de la artillería apoyando al Consejo de Guerra.

Juan encontraba estimulantes y admirables a sus maestros jesuitas por el mar de conocimiento en que se movían. Escucharlos debatir entre ellos, o preparar programas, tareas, que podía seguir de cerca por asistir a encuentros con el obispo De Yepes, lo deleitaban y le hacían prometerse que algún día podría platicar de tú a tú con ellos. En todas las asignaturas intentaba satisfacer las expectativas crecientes de sus titulares. Sin embargo, Juan flaqueaba en el estudio directo que se hacía de las Santas Escrituras o en el estudio de teología a partir de santo Tomás de Aquino, pues para el primogénito del marqués de Palafox había más interés en las materias de la mente y de la creación humanas.

Juan pasó cinco años en el colegio sin saber que se encontraba muy cerca de su madre. No otra que la misma Ana de Dios, carmelita descalza de santa Ana de Tarazona. El obispo De Yepes no le comentó nada durante sus primeros meses de estudiante. Aunque era consejero de ambos, madre e hijo, quiso primero estudiar al niño de Palafox y después darle razón a su madre de aquella criatura a la que el marqués ahora reconocía con tanto orgullo como el hijo que Dios le había regalado. Un día en que Ana de Dios se encontraba con muy buen ánimo, hablando de lo grande que debía estar aquel hijo suyo bajo el cuidado de su padre, ella le preguntó directamente:

—Padre, tú sabes cómo es él. Por qué no me lo describes. Dime si tiene un alma buena. Cómo es verse en esos ojos. ¿Se parece a su gestor? Quién lo cuida ahora que es un miembro de la familia Palafox.

El obispo De Yepes no pudo sino decir la verdad ante la pregunta tan directa sobre el estado de Juan. La última vez que habían tocado el tema fue cuando el marqués de Ariza, don Jaime, lo había reconocido como hijo legítimo arreglando incluso su acta de bautismo.

—Ana de Dios, ha querido el Señor que su hijo esté muy cerca de usted. Ha ingresado al Colegio de san Vicente. Está esforzándose por igualar, y hasta superar, a sus compañeros de estudios. Tiene un férreo espíritu de sobresalir y se está granjeando a sus profesores por el empeño puesto. Se lo voy a presentar so pretexto de que aprenda las tareas pías y devotas dirigidas por ustedes, las religiosas. Si le parece bien, en estos días vendrá conmigo.

Ana de Dios no pudo responder por las lágrimas que, repentinas, se atoraron en su garganta. Así sucedió: don Diego de Yepes llevó al pequeño Juan a visitar a la carmelita para ponerlo bajo sus órdenes. La mujer, bajo juramento, tomó solamente al pequeño como su pupilo y jamás emitió palabra alguna que perturbara al pequeño Juan sobre su origen y sus primeros años de vida. Sin embargo, se convirtió en otra guía y consuelo espiritual, sobre todo en esos años de rigidez jesuita. Juan también supo que Ana de Dios tenía buena amistad con su padre, don Jaime, aspecto que lo tuvo con gran alivio al saber que aun estando lejos de casa tenía una especie de familia cerca. En alguna carta enviada a su padre para dar noticia de sus estudios le escribió: «…y la madre Ana me dijo que besaba a V.S. las manos, que por hallarse algo indispuesta no ha respondido a sus cartas…».

Al terminar sus estudios con los jesuitas, Juan partió a Huesca a estudiar la universidad. Ya tenía quince años al arribar a la frontera con Francia y los fantásticos Pirineos. Nada más llegar, lo recibían las majestuosas catedrales de Huesca y de Jaca, vistas que lo conmovieron por lo que significaban en cuanto trabajo a gran escala para perpetuar la fe. Tenía la encomienda de su padre de obtener el grado de bachiller en cánones. Debía terminar la década de empeños en el estudio con el prestigio de ser un hombre que hablara lenguas y dominara la pluma como el que más. Sin embargo, su natural carisma y entusiasmo por la vida le ganaron, en un principio, invitaciones para asistir a las tertulias y juegos de armas organizados por sus compañeros. Aunque nunca dejó la literatura de lado y buscaba hacer traducciones del alemán al español o al italiano, su padre comenzaba a tener inquietud por su gran habilidad y gusto por el uso de las armas. En una visita a su hijo, el marqués se hizo acompañar de su amigo Carlos Coloma, quien partiría pronto a la región de Flandes para gobernar una plaza. Al acompañar al marqués de Ariza, don Carlos se dio cuenta del enorme potencial del joven Palafox y lo invitó a ser parte de su gobierno, como integrante de la milicia. Ante la solicitud Juan no pudo sino emocionarse, por la gran afición que sentía por las armas, pero su padre de inmediato pensó que ese no era el camino que debía seguir a quien pensaba incorporar en el régimen del marquesado.

Pasaron dos años y después el marqués de Ariza, quien no dejaba de planear la mejor formación para él, lo envió a la Universidad de Salamanca, que en ese momento tenía el mayor prestigio no solo en España, sino en el resto de las tierras cristianas. Tomó la medida, sobre todo, después de esta última visita a Juan. Allí lo había encontrado más dedicado a los juegos en la nieve y las tardes de tertulia con sus compañeros. Con la invitación de su amigo Coloma y el miedo a que incluso perdiera la vida por juegos de pistola o espada, decidió que su hijo prosiguiera sus estudios en Salamanca donde afanados profesores lo pusieron rápidamente bajo su tutela. Sin embargo, la juventud salmantina era muy tentadora y representaba una fuerte incitación para Juan, que sabía muy bien su encomienda de perfeccionar los idiomas y empeñarse en los estudios. Sus luchas internas se hicieron más intensas y se apegó a la oración por segunda vez en su vida como si fuera un salvavidas. No quería defraudar a su padre ni a sus superiores, quienes tenían depositadas en él todas las esperanzas posibles de albergar en un joven curioso y de gran memoria y facultades para el estudio. Así que se autoimpuso tareas de caridad y largas horas de oración y escritura sobre las tentaciones que sentía querían arrebatar su alma. Sobre todo, la ira y la incapacidad que sentía para perdonar a quien lo insultaba, contrariándolo siempre y evitando que conciliara el sueño por las noches. Juan se reprochaba que aquellos arranques eran más bien conductas animales, que no de un ser humano con razón, pero ante la necedad y la injuria no podía sino llenarse el corazón de rabia.

En estos años en Salamanca, además, Juan se inclinó por la jurisprudencia, e incluso ayudó en el caso de un pleito familiar ante el Consejo de Aragón que tuvo un satisfactorio desenlace. También aprendía la administración de sus ingresos, llevado muchas veces a la quiebra. Hubo un día en que tuvo que pedirle dinero prestado al buen Fermín, el empleado de su padre, para saldar algunas deudas y poder terminar el mes sin problemas por la falta de dinero. La experiencia de sentirse desamparado por faltas administrativas le sirvió bien de lección para no volver a hacerlo y ser muy cuidadoso de no pecar al respecto.

Fue en Salamanca donde comenzó con más ahínco su dedicación a las letras. Después de una visita a las madres dominicas de Ariza, Juan se comprometió a traducir la biografía de san Enrique Susón del alemán al español. Todas las noches, en suma, transcribía fragmentos de libros de vidas de santos o ensayos sobre la arquitectura y las artes barrocas que encontraba en aquel pleno auge español. El ambiente de privilegio y diversión de Salamanca fue, con todo, un obstáculo para las intenciones de buen comportamiento del joven Juan de Palafox, ahora de veinte años. Sin embargo, retomó la disciplina, más recia que nunca. Sus participaciones en juegos de armas eran ya nulas y se había recogido más a la lectura y el estudio de los cánones. Por esta razón, Juan llevaba un diario para vigilar él mismo su propia conducta y poder conducirse, sobre todo para beneplácito de su padre, por caminos de justicia, razón y verdad. Disfrutaba mucho de debatir con sus compañeros sobre asuntos de ciencias e incluso de teología. Le gustaba, sobre todo, ganar esos encuentros acalorados sobre temas de traducción e interpretación de tratados sobre diversas materias. Sus profesores, jesuitas de notable prestigio educativo, en su mayoría originarios de toda Europa, le tenían gran aprecio a sus críticas y hasta digresiones hechas durante las cátedras o fuera de ellas. Después de tres años de estudiar entre la aristocracia española, Juan obtuvo el título de canonista. España entonces se encontraba más convulsa y vulnerable, sobre todo en cuestiones económicas. Sin embargo, a su salida, Juan iniciaba una existencia con más esperanzas y promesas que el resto de la población su vida activa: su padre lo llamó a llevar el gobierno del marquesado de Ariza, que tenía a Monreal, Bordalva, Carbolafuentes, Alchonchel, Embid y Pozuel. Además, el marqués, orgulloso del carácter y rectitud de su hijo, había decidido que fuera el tutor de su hermanastro Francisco, el futuro marqués. Muchas tareas y responsabilidades le esperaban al término de sus primeras dos décadas de vida. También muchas tentaciones propias de su situación nobiliaria le provocarían fuertes migrañas y aislamientos en busca de paz interior y reconciliación con Dios.

El tiempo del poder es otro tiempo.

1624-1629

———

Y otro día, muere el padre

Con el apoyo y reconocimiento absolutos del marqués de Ariza, su padre, Juan gobernó y administró casi en su totalidad con gran templanza los negocios de la familia. No abandonaba, aun así, los estudios de lenguas y literatura, muy al contrario, estuvo al pendiente de ser un ejemplo para sus hermanos y la gente a su cargo, impulsándolos a seguirlo. Instauró el latín como idioma oficial en la casa de Ariza, obligando a todos los empleados a aprenderlo y dominarlo. Además, llevó a cabo varias reformas de mando, supervisando el bienestar de las familias de sus empleados, y los dejó ir sin mayor prejuicio en caso de que lo desearan. Rápidamente se ganó el afecto y lealtad de la mayoría de los vasallos que servían en el marquesado y su padre no pudo sino morir tranquilo en 1625, dejando a su hijo natural al frente de toda su herencia y descendencia.

—Mi hijo, a quien yo no esperaba, ha de ser grande para el servicio de Dios y del rey —expresaba el marqués a quien lo visitaba y veía, asombrado, el buen manejo que de las tierras de Ariza se estaba haciendo.

Hacía un año que Juan había visto a su madre, Ana de Dios, en el convento, y estaba otra vez muy cercano al obispo De Yepes; ambas presencias le dieron consuelo cuando su padre enfermó repentinamente y murió el 27 de febrero de 1625 como caballero de la Orden Militar de Santiago a la edad de sesenta y nueve años. Don Jaime de Palafox había sido el undécimo sucesor de la casa de Ariza y décimo sexto de la Baronía de Palafox.

A días de su muerte, se leyeron para conocimiento de toda la familia las últimas disposiciones: «Nombro por ejecutor de mi testamento, tutor y curador y general administrador de mis hijos y sus bienes al dicho don Juan de Palafox, mi hijo natural. Al cual doy tan lleno y bastante poder y facultad para regir y administrar la persona y bienes de los dichos mis hijos, cuanto a tutores y curados y testamentarios por fueros y privilegios del presente Reino de Valencia se puede dar y atribuir. Y le encargo y mando puesto que ningún padre en el mundo ha puesto más cuidado en criar algún hijo de el que yo he puesto en su educación, así por su bien y acrecentamiento como por que sea padre de sus hermanos en falta mía, me sea tan agradecido en esto como yo lo confío de él, cuidando de sus hermanos y de su casa más que de sus acrecentamientos propios; pues casi milagrosamente fue Dios servido de dármelo para eso».

Juan no pudo sino sentirse honrado y bendecido a su vez, por la fortuna que Dios le diera al haberlo reencontrado con su padre. A la muerte de éste, sin embargo, varios de sus vasallos se levantaron contra el muy joven heredero, buscando desestabilizar el señorío en espera de poder quedarse con las tierras. Sobre todo, le echaron en cara su origen bastardo a quien ahora administraba el marquesado. Juan se encargó de negociar con bastante pericia las pequeñas revueltas, llegando a acuerdos satisfactorios para ambas partes. En las noches se dedicaba a recuperar su día mediante la escritura, llevando un diario estricto que luego releía con la esperanza de encontrar respuestas a los temas difíciles y espinosos de su dirección y constantemente acudía a visitar a las religiosas, entre ellas su madre, quien acababa de fundar el Convento de santa Teresa de Zaragoza o algunas de sus amistades jesuitas o franciscanas con el fin de encontrar sosiego a los problemas y decisiones que conllevaba el ser señor del territorio. Esas cercanías con gente espiritual le calmaban el alma, lo mismo que la lectura, como siempre, de los libros a los que ya consideraba «buenos amigos» porque entretenían, divertían y desenfadaban.

—Si cansan —decía—, se pueden dejar. Si descansan, proseguirse. Siempre enseñan y, mudamente, sin injuria, reprehenden.

El marquesado de Ariza se encontraba a las faldas de un monte. En sus tierras se encontraba un monasterio de religiosos franciscanos, el castillo y varias otras construcciones para los vasallos. Con gran minuciosidad tomó Juan las tareas de restaurar algunas condiciones administrativas e incluso arquitectónicas, ordenando se embellecieran espacios y se instauraran más imágenes en algunos salones. De igual manera determinó que el portero debía llevar barba para dar una mejor imagen y que las criadas llevaran ropa almidonada y jamás sucia. Todos debían andar bien vestidos y tener habitaciones decentes y con todos los servicios. Dictaminó, además, que se castigara el chisme o la falta de prudencia entre todos los habitantes de Ariza y que tuvieran horas de esparcimiento y lectura, no solo trabajo. Su mano era firme y pocas veces cedía ante chantajes o disturbios provocados para que cambiara de opinión ante ciertas reglas de disciplina. Una rigidez que no era inflexible, conducta aprendida de los tutores jesuitas que lo habían forjado.

Inmediato a la toma de sus nuevas funciones de acuerdo a la voluntad de su padre, el rey Felipe IV y el conde-duque de Olivares convocaron a una reunión en las cortes de Valencia y Aragón en las localidades de Monzón y Barbastro. La corte se sentía vulnerable y buscaba allegarse a los nobles y fortalecerse con su adherencia. Resultado de estos quehaceres, la figura de Juan de Palafox se hizo sobresaliente, sobre todo con sus críticas audaces y sesudas respecto a la situación de España en relación con Europa y otros lares. El rey tenía toda la confianza puesta en su valido, el conde-duque de Olivares, que buscaba unificar el Reino de Castilla y darle nuevos bríos. Y el duque, quien estaba limpiando la corte, sus títulos y puestos estratégicos, encontró en el mayor de los Palafox, Juan, la audacia y firmeza que necesitaba para erradicar antiguos vicios que el duque de Lerma había dejado de su administración anterior con Felipe III. Fue así que en 1625, a sabiendas del talento de Juan de Palafox para dirigir, el duque abogó por Juan ante Felipe IV para que fuera nombrado Fiscal del Consejo de Guerra.

Así, el que al inicio solo había acompañado a su hermano Francisco, el marqués, a las cortes, ahora era nombrado, por sus estudios en cánones y jurisprudencia, consejero en asuntos penosos de guerra. El interés de Juan por ayudar al conde-duque de Olivares en el proyecto de Unión de Armas y de la revisión de las contribuciones de Aragón le valió la simpatía inmediata de los grandes jerarcas. Al mismo tiempo, sus dos hermanos ingresaron a la corte de Madrid para ser compañía de la reina, Isabel de Borbón.

La convivencia directa con la realeza y su estilo de vida causaron a Juan grandes confusiones que anotaba en su diario, pues buscaba encontrar esa paz espiritual que lo ayudara a apaciguar sus ánimos feroces de golpear o castigar la avaricia, la descortesía, el sarcasmo y la indolencia de tantos y tantos miembros de la aristocracia. Pero también las tentaciones del despilfarro o la concupiscencia se le presentaron a diario. El matrimonio con una de las meninas de la reina le fue tema de una decisión interna por varios días, pues Juan se hacía atractivo a medida que iba adquiriendo poder y prestigio dentro de la monarquía, sin contar con el linaje que le significaba el marquesado de Ariza.

Jugó, pendenciero, su presente por varios meses sin ocuparse del futuro. Lo mismo bebía que salía en compañía de mujeres.

Para despejar su mente de tanta distracción de su deseo de seguir la imagen de Cristo, Juan iba donde la madre Ana de Dios para pedir su consejo. Ésta, dulcísima, le pedía volcarse en lo que más anhelaba su corazón: la vida recogida y productiva que le permitiría llevar a mucha gente no solo a Dios, sino también la belleza y el amor que se podía sentir en el mundo. Sin embargo, aún no encontraba resolución a sus dudas porque no era fácil al fin tener tanto reconocimiento a nivel social, él, que venía de ser nadie y nada, sin apellido ni destino definido. Por esos días, tras el relato de Ana de Dios y las tierras de Mendoza, Juan decidió ponerse, ahora que su padre ya no estaba, el segundo apellido «y Mendoza» que era el de su tatarabuela, adoptado para salir de Aragón hacia tierras castellanas donde los Mendoza eran un linaje conocido; a sabiendas, aun a pesar de su corta vida, de lo que un apellido y el linaje podrían hacer para facilitar algunas tareas en una sociedad como la suya. Violante, su adorada hermana, le escribió una carta donde le relataba cómo iban los arreglos al palacio de Ariza ordenados por él para que su hermano Francisco, el marqués, y sus otros dos hermanos vivieran como lo hacía él en la corte. En la firma escribía: «Recuerdos para usted, tan adorado Juan de Palafox y Mendoza». Pocas jornadas después, la enfermedad mortal e inesperada que a ella sobrevino lo puso de rodillas ante su señor Dios. La tristeza de verla partir fue infinita. Solo pudo darle un poco de calma espiritual la conversación con Dios, como la de aquellos años en que era pastor y hablaba con Él en la colina de su Fitero. Tras el dolor y con la venida de la aceptación, Juan, de veintiséis años, decidió definir el rumbo de su existencia: se consagraría, asqueado muchas veces de la doble cara de los nobles, a la vida sacerdotal. Fue ordenado, pues, sacerdote por el obispo de Plascencia y gobernador del Arzobispado de Toledo, monseñor Francisco de Mendoza.

En la Fiscalía de Guerra, al mismo tiempo, Juan pudo darse cuenta, además de la decadencia del imperio español, de la necesidad de redirigir el rumbo de la Corona, de trabajar por su pueblo. Además, estaba al tanto de los horrores de guerra y abusos y tropelías ocasionadas, sobre todo, en la Nueva España y tierras americanas. Pero su lealtad a la Corona era absoluta y servía igual de consejero al conde-duque en cuanto a sus deseos de recuperar la gloria perdida tras la muerte de Carlos I de España y V de Alemania. Además, el reino no la tenía fácil con la mano rígida del cardenal de Richelieu en Francia.

Juan entonces no solo tenía granjeada la confianza y la estima completa del rey y su valido: también, como hasta ese momento, las de los guías espirituales de la Compañía de Jesús y de la Orden de san Francisco, con quienes, en varias ocasiones, pasaba días para recogerse y tomar fuerzas y claridad en la resolución de problemas.

Era 1629 y España recibió, esperanzada, el nacimiento del príncipe Baltasar Carlos, hijo de Felipe IV e Isabel de Borbón. En la misma tónica de buscar el regocijo del pueblo, se anunció el enlace de la infanta María de Austria, hermana del rey, con Fernando III de Hungría. A tal hecho, se eligió entre la nobleza y el alto clero una comitiva que la acompañara por Europa hasta su nuevo reino. Felipe IV indicó que en este séquito debía ir un personaje que se estaba ganando, por sus juicios y decisiones como Fiscal de Guerra, la confianza total del monarca: Juan de Palafox. A él le encargó, por conducto del conde-duque de Olivares, que fuera limosnero y capellán de la futura reina, además, claro, de seguir como fiscal. Al mismo tiempo, le había sido asignada la prebenda de la catedral de Tarazona, donde había estudiado por tantos años, y todas las actividades que desempeñaba sin cansancio y con buen ánimo, ganancias económicas que sabía administrar en beneficio de conventos, hospitales y otras actividades que ayudaran al bienestar de la comunidad.

1626-1639
___

Fiscal de Indias, Consejero de Indias, a la sombra de Felipe IV

La comitiva de la reina salió para su casamiento con dirección a Barcelona, donde se embarcarían rumbo a Italia; corrían los primeros meses del Año del Señor de 1630. Entre la comitiva, compuesta de los más altos nobles y jerarcas de la Iglesia y el reino, se encontraban cuatro cardenales, uno de ellos el padre Juan Bautista Pamphili, quien sería designado como el próximo pontífice, Inocencio X. Iba también Juan de Palafox. Con todos los nobles de este acompañamiento estableció una buena relación, y con algunos una amistad entrañable. En el viaje por Europa, acompañado de su hermano el marqués Francisco, Juan podría observar las importantes y tensas relaciones que se vivían en muchas de las tierras visitadas. De todo lo visto y vivido tomaba nota en su diario: lugares, nombres de personajes, número de manos besadas, obras de arte apreciadas, situaciones de tensión y de descanso, reflexiones sobre la monarquía y el Nuevo Mundo. Pero, sobre todo, aprendió de las opiniones e imágenes que se tenían de España en relación a la Iglesia y a las conquistas en la Nueva España. En su viaje como capellán y limosnero de la reina tuvo, además, oportunidad de visitar Montserrat, Barcelona, Génova, Nápoles, donde pudo conocer, al ser parte del cortejo real, a Diego Velázquez, que realizaba el retrato de la soberana. Su opinión sobre el proceso era primordial para la futura reina, que se apoyaba mucho en los juicios estéticos del sacerdote. Juan tenía que estar al tanto, por ser compañía de la infanta María, de la belleza con que debiera terminarse el esperado retrato.

Otras tierras que pisó en los meses que duró la comitiva fueron Loreto y el Palatinado, en Alemania, donde vivió un cuadro muy conmovedor al rescatar de unos herejes un crucifijo al que le habían cortado las piernas y los brazos. La experiencia lo conmovió al punto del dolor físico, como si hubieran lastimado al propio Jesús. Lo guardó y restauró con el gran cuidado que usualmente tenía con todas las figuras y reliquias por él bienamadas.

De la misma manera encontró en su camino un niño Jesús de madera con tal expresión de desamparo que le conmovió el corazón, llevándolo desde entonces como su reliquia personal. Después de arribar a Venecia, la infanta María se trasladó con su comitiva a la capital austriaca y se despidió de su limosnero y capellán. Gran cariño y admiración le había tomado a don Juan de Palafox, enviando incluso una emotiva carta al conde-duque de Olivares para que el sacerdote sirviera al cardenal infante a su retorno a España. La comitiva regresó en 1631 entregando al conde-duque una misiva muy detallada de todo lo visto y recorrido en año y medio de viaje.

Ya en su casa, la enseñanza paterna de estar en permanente estudio y superación no dejaba a Juan descansar ni en sueños. Así fue que, después de alcanzar el ministerio sacerdotal, decidió proseguir sus estudios en la Universidad de Sigüenza. Para 1633 el mayor de los Palafox ya era doctor en cánones con treinta y tres años de edad y el beneplácito y confianza de su monarca, quien ya tenía una frase acuñada para problemas de imposible solución en la corte:

—Estas consultas son de don Juan de Palafox —decía cuando la discusión de cualquier asunto del reino no encontraba salida.

Como premio a esta lealtad y logros, Juan fue nombrado Fiscal de Indias. Con el nuevo cargo estaba al tanto de la obtención de puestos y títulos de varios de sus correligionarios, quienes después de conseguir lo que buscaban, se olvidaban de la decencia y se dedicaban al despilfarro y la vida fácil:

«Si las personas que pretenden puestos en las Indias, fuesen tan diligentes en ir a servirlas como lo son en procurarlos, se hallaría V.M. más bien servido y el Consejo, con menos embarazo y cuidado. Porque con el deseo que tienen de conseguir su pretensión no reparan en pedir cualquiera que se les ofrece», escribía en una misiva a Felipe IV.

Fiscal de Indias... Este era un puesto de mucho poder, situación por la que a varios personajes de la corte les causaba aún más estupor la postura de don Juan, que buscaba vivir modesta y serenamente, pues además ya conocía de sobra las manías y vicios que se vivían al interior de la monarquía. Había renunciado a los fastos del poder y a las pompas vanas de la vida mundana. Si bien estaría siempre junto a Felipe IV, no compartía con él y con muchos de los suyos el vano oropel del despilfarro. *Todo exceso se paga, tarde o temprano*, pensaba, *en el cuerpo o en el alma.*

La Fiscalía de Indias estaba dirigida por el conde de Castrillo, quien tenía serias diferencias con el conde-duque de Olivares, pero también, rápidamente, supo apreciar al sacerdote que entraba en funciones con ánimo y tino. El organismo administraba y regulaba los dominios hispanos en América. Su función era recibir quejas, dictar leyes y fallos como organismo de apelación. Además, tenía la encomienda del rey y la facultad papal concedida a los monarcas españoles a partir del siglo XVI con la que se podía nombrar a los obispos y tener control sobre algunas órdenes religiosas, además de cobrar diezmos o tomar otras decisiones eclesiásticas. Todas estas facultades que el papa otorgaba a la intervención de los reyes de España eran a cambio de que éstos ganaran más fieles y defendieran la religión por sobre todas las cosas. Por lo tanto, el poder y el estatus social de quienes la conformaban estaban muy por encima de otras encomiendas. El trabajo de un consejero no era poco, ni fácil. Los asuntos del mundo indiano eran densos y cada vez se hacían más complicados. En la Nueva España, en específico, los conflictos entre el virrey, la Iglesia y el pueblo alcanzaban agudas notas al grado de desembocar en revueltas. En esas fechas, el virrey Cerralbo y el arzobispo Manzo no podían arreglar diferencias y se había llegado hasta el punto de que la población civil tomara el palacio del virrey. Los consejeros trabajaban sin cesar para elaborar la Recopilación de Leyes de Indias que pudiera poner fin a esos malentendidos de lamentables desenlaces.

Estas labores como fiscal se aunaban a los muchos encargos y tareas oficiales que don Juan atendía. Sobre todo porque el rey, además del conde-duque de Olivares, ya no tenía más persona de confianza que él. En este tenor le fue encomendado realizar la visita extraordinaria y delicada al Monasterio de las Descalzas Reales y Obras Pías fundado por la emperatriz doña María y su hija sor Margarita de la Cruz. Aunque no recibiría remuneración alguna, Juan estuvo muy dedicado a la comunidad de religiosas por al menos dos años. Con la infanta archiduquesa sor Margarita estrechó la relación convirtiéndose en su biógrafo.

Apenas terminada la encomienda real, recibió una noticia que entristeció profundamente a su corazón: Ana de la Madre de Dios había muerto en santísima paz de muerte natural. Juan atendió su sepelio:

—Una mujer con el don de oración. Devotísima de la Pasión de Cristo. Poeta de gran ingenio, gran bordadora y pintora —se consolaría.

Como respuesta a tal partida, enfermó. La fiebre subía peligrosamente y cuando bajaba se dedicaba a escribir con enajenación. Varias visiones de una religiosa carmelita descalza que barría el aposento con una escoba y así echaba de allí a todos los enemigos. Juan nunca se había permitido llamarla *madre*, pero sabía que esa mujer que había partido, para él tan pronto, estaría a su lado protegiéndolo hasta el día en que se volvieran a reunir en la eternidad.

Apenas mejorado, Juan recibió la muy importante encomienda de visitar el Virreinato de la Nueva España: debía ejecutar las Reales Cédulas en materia de doctrinas y diezmos, los juicios de residencia de los virreyes marqués de Cadereita y marqués de Cerralbo, establecer como tal al marqués de Villena y duque de Escalona y, por si fuera poco trabajo, encargarse del Obispado de la Puebla de los Ángeles. Así también, se le encomienda visitar la Audiencia y a los oficiales reales, los juzgados de los Bienes de Difuntos, a los funcionarios encargados de los tributos y azogues y de la alcabala, el Tribunal de Cuentas, la Universidad, el Consulado, el Correo Mayor y sus tenientes, la Casa de la Moneda, los hospitales, investigar los fraudes en el comercio de Filipinas y las cuentas de los propios, así como la administración del desagüe de la Ciudad de México y cincuenta y seis despachos. También debía encargarse de hacer una averiguación sobre cinco conventos agustinos, dominicos, franciscanos, mercedarios y jesuitas que se hallaban en Veracruz, y que se decía no acataban las reglas y órdenes, principalmente porque el eclesiástico Hernando de la Serna había donado unas haciendas a la Compañía de Jesús sin hacer la reserva correspondiente para los diezmos. Este incumplimiento había originado el conflicto entre la Diócesis de Puebla y la orden jesuítica de la misma provincia. El provisor del obispado había declarado la excomunión a De la Serna, embargando sus bienes y enviándolo a prisión. Esto originó revueltas y descontentos en todos los sectores sociales de la Nueva España.

Se embarcó hacia América en compañía del duque de Escalona, marqués de Villena, Diego López Cabrera y Bobadilla, el primer Grande de España a quien se le había encomendado el gobierno novohispano. Era el año de 1639.

1642

El viaje a las Indias, virrey y arzobispo

Cuando le fue designada la visita a las Indias, Palafox
se embarcó con la convicción de ser un conciliador.
Las fricciones entre la Mitra Angelopolitana, los juegos de intereses debían tener una solución razonable.
Nada más lejos fueron los desenlaces que se sucedieron
desde su llegada hasta julio de 1642. Los cincuenta y
seis despachos que tuvo que supervisar y auditar eran
de mayor cuidado. La fiscalización le había ganado
un sinfín de enemigos en tan poco tiempo; y también
la acumulación del mayor poder monárquico y eclesiástico como nunca nadie había ostentado en la Nueva España. Felipe IV determinó nombrarlo virrey. Su
tarea como gobernante no era menor: debía reorga-
nizar las compañías de la milicia; vigilar el tratamiento
de las finanzas públicas virreinales, sacar adelante los
tantos expedientes judiciales que se habían quedado
en la Real Audiencia de México, fortificar los puertos
de Acapulco y Veracruz y, lo más difícil e importante,
sumir en la obediencia a las órdenes religiosas que parecían ser pólvora constante. Como autoridad máxima debía nombrar y remover de sus cargos a tanto
funcionario y clérigo corrupto creyera conveniente-
te; ser capitán general en la milicia y defender el te-

rritorio, así como apoyar y promover más misiones. Defender, pues, más allá de sus fuerzas corporales y espirituales el nombre del rey Felipe IV y la religión.

—No nos importa la hacienda, si nos falta su favor; no nos importa la vida, si duda Su Majestad que con vivir le servimos; no tenemos más honra que la que nos acredita en su real concepto. Hacienda, vida y honra se han de posponer por asegurar su gracia y por evitar su indignación —adularía Palafox a quien le preguntara por las tareas que había venido a servir.

Ya las intrigas contra su persona no tenían fin. El duque de Escalona no había encontrado qué otra puerta abrir para deshonrar al favorito del rey. Como desesperado recurso final ante su inminente juicio, hizo llegar por medio del provincial de los carmelitas descalzos un tratado de casamiento de él con la marquesa viuda de Guadalest, Lucrecia de Palafox, hermana del obispo, y el del conde de Santiesteban, su hijo primogénito, con Ana, hija de la marquesa y del almirante de Aragón, marqués de Guadalest, ya finado. Sin embargo, Palafox solo le embargó los bienes, apegado a Derecho, y preparó su remisión a España. No escuchó necedades y triquiñuelas por parte de los frailes y el duque de Escalona. Mientras, éste se refugió en el Convento de San Martín Texmelucan, a cargo de los franciscanos, orden que lo favorecía (se decía que un franciscano dormía al lado de la habitación principal en el Palacio Virreinal). Con sus acciones, la aversión de los franciscanos por la figura de Palafox había aumentado. Esos habían sido los últimos intentos de Diego López después de efectuar todas las maniobras posibles: interrumpir el correo de

Palafox al rey, blasfemar de él con las órdenes religiosas y desoír los consejos que se le daban para calmar las aguas turbias. Pero en España el rey tenía al valido conde-duque de Olivares avalando la actuación del obispo. Ante la Cédula Real así actuó, evidenciando la relación del duque de Escalona con los portugueses y la malversación de los recursos del virreinato.

Cuando fue nombrado virrey, Palafox no quería el puesto y tampoco el de arzobispo de México, así que instruía a sus prelados en Madrid, Íñigo Fuentes y Antonio de Belvis, para que impidiesen a toda costa su designación como cabeza de la Iglesia en la capital novohispana:

—En este arzobispado no puede haber quietud con las continuas competencias con los virreyes y Audiencia, desestimación de la dignidad, riesgos de tumultos y desasosiegos y otras cosas de este género que hacen esta silla sumamente peligrosa y penosa.

Solo duraría en el encargo cinco meses, porque en diciembre don Juan realizaría la entrega del mando virreinal al conde de Salvatierra. Sus servicios reales como máxima autoridad, debía anotarse, habían sido sin remuneración alguna.

჻

Casi llegaba el nuevo día y el obispo Palafox había decidido tomar la colación que le ofrecían después de escuchar misa en el palacio de la Ciudad de México. En sus pensamientos retumbaba la frase que le había dicho el padre fray Tomás de Villanueva a propósito del nombramiento que le habían dado para ocupar la silla episcopal y otras diligencias: Dios lo quería santo verdadero y no de pincel. Con esa consigna había arribado a las nuevas tierras y no había tenido reparo en cumplir cabal y totalmente cada una de las encomiendas monárquicas y eclesiásticas que se le iban acumulando con el paso de los días como visitador y obispo de la ciudad de Puebla. Pero ahora le acababan de anunciar una tarea que le exigiría más fuerza, sagacidad y paciencia: ser virrey sustituyendo al duque de Escalona, lo que le acarrearía quizá más enemigos. Una empresa harto difícil si se reflexionaba en los tantos intereses que tendría que cuestionar y, aún peor, cancelar. Debía tomar aliento porque a los otros dos juicios de residencia, contra el marqués de Cerralbo y el marqués de Cadereita, debía agregar el del actual virrey, quien tomara el poder al mismo tiempo que él llegó a Puebla. Pero estaba consciente de que los abusos, la traición a la Corona y el desentendimiento para con los naturales eran descarados por parte de esta administración.

—Los virreyes, por muy despiertos que sean en el cuidado de su ocupación, no pueden llegar a comprender lo que padecen los indios, pues con el grado superior de su puesto, llenos de felicidad, sin poderse acercar a los heridos y afligidos que penan, derramados y acosados por todas aquellas provincias, tarde y muy templadas llegan a sus oídos las quejas.

Era su deber sin respingo alguno aceptar el cargo máximo de la Nueva España y dividirse entre Puebla y la Ciudad de México. No podía cuestionar al rey al preguntarle si sería interino o permanente, pero guardaba el secreto deseo de no permanecer más del tiempo necesario para hacer la transición a otro virreinato más justo y cristiano, y que todo trascendiera en santa paz.

Comprobar que los rumores de la traición del duque de Escalona hacia el reino de España eran hechos, esa había sido su primera consigna. Era obvio que el lazo entre Diego López y la monarquía de Portugal iba más allá de la simple simpatía y significaba alta traición a Felipe IV, aun a pesar del evidente lazo sanguíneo.

La inestabilidad política de España tocaba fondo. En Portugal acaba de coronarse, no sin una ardua batalla, el duque de Braganza. Al mismo tiempo, las revueltas en el territorio de Felipe IV se iban propagando: Andalucía, con el duque de Medina Sidonia y el marqués de Ayamonte al frente, buscaba la independencia; en Cataluña la tensión se incrementaba contra la monarquía tras el asesinato del virrey Santa Coloma. El principado ya tenía la ayuda de Francia y se debía actuar con rapidez y recuperar la paz a toda costa. Las conspiraciones se daban a diestra y siniestra y la Nueva España no era la excepción. El conde-duque de Olivares, sin embargo, sabía que su hombre más fuerte y capaz de llevar a buen término y solución las cosas en el territorio americano era el obispo Palafox. Debía proceder ágilmente para evitar desmanes como los que se estaban dando en territorio español y deponer al marqués de Villena era prioritario para conseguirlo. Ya en algunos sitios se tenían noticias de pequeñas rebeliones, como Veracruz, donde habitaban muchos portugueses y llegaban varias embarcaciones. Al mismo tiempo, el virrey López no disimulaba que prefería estar del lado de su pariente, y que aspiraba a coronarse como rey de la Nueva España. Incluso gran parte de su gente de servicio y confianza era portuguesa y daban claros indicios de querer apoyar al ahora monarca de Portugal.

Al parecer del obispo Palafox lo mejor era reenviar al duque de Escalona a España en atención a su rango. Así se lo hizo saber al valido del rey, el conde-duque de Olivares:

—Si la separación de Portugal es definitiva y ya otras regiones del reino amenazan con cambiar de rey, con la misma incongruencia que sería cambiar de padre o de nombre, es necesario relegar a todos aquellos que siendo poderosos podrían servirles de soporte, como el duque de Escalona.

Fue así que el conde-duque de Olivares sugirió a Felipe IV hacer caso de los juicios de Palafox y deponer de inmediato al marqués de Villena, y ante la premura, dejar al visitador como virrey, ¿quién con más conocimiento sobre el territorio y la situación que don Juan de Palafox?

La situación se agravó a tal extremo que la actitud del virrey López se volvió retadora nombrando en la milicia y en los puestos claves de la administración a cuanto pariente portugués pudo poner. El desacato incluía a las Cédulas Reales, a los consejos del obispo visitador y a las órdenes de las autoridades españolas. El rey envió entonces rígidas cédulas en apoyo a las decisiones de Palafox y emitía como un hecho la deposición del duque de Escalona como virrey de la Nueva España.

A pesar del apoyo monárquico, el obispo, sin embargo, tuvo todas las dificultades y resistencias por parte, sobre todo, del séquito que servía al virrey, así como de la Iglesia novohispana que comprendía a los jesuitas, franciscanos, dominicos, agustinos, carmelitas, mercedarios y el clero secular. Aun desde su llegada como visitador, el recelo en el trato que daban a Palafox era a todas luces descarado. Como virrey, la aversión de muchos que habían tenido poder y abusaban de él era declarada hacia el obispo. Todos en el virreinato tenían la certeza de que si habían obrado con parcialidad e injusticia, el enviado del rey inmediatamente lo detectaría propinando no solo reprimendas sino sendos correctivos a los hechos, enjuiciándolos de inmediato. No había manera de ocultar con malas informaciones o silencios actos de arbitrariedad ante semejante escrutinio. Sabían, de sobra, que el obispo visitador no se iría con medias acciones:

—Imposible es reformar y no padecer, como es imposible el curar y no dar que padecer —decía a su secretario y a la gente que, sincera o hipócritamente, se acercaba a él para externarle su preocupación por rumores de venganza o traición.

ॐ

Era 1642, llevaba casado dos años con su amada Raquel, la diócesis poblana, y había dado cuenta al rey y al papa de cuanto abuso, ignorancia y corrupción se daban en la Nueva España. Cumplió cabal e incansablemente con todos los mandatos humanos y divinos. Ahora tomaría el máximo cargo de las tierras americanas y, además, la silla del arzobispo de México, más todos los otros cargos que ya ejercía. Era, pues, titular supremo del poder político y religioso del virreinato novohispano.

Su mandato comenzó con los deberes para con la situación del virrey depuesto. El alto grado de traición del duque de Escalona le valió la orden de ejecutarlo. Sin embargo, con toda prudencia su sucesor decidió evitar derramamientos de sangre y lo envió de regreso y en calidad de prisionero a España. Hasta el último momento, en vano protestaron los franciscanos contra el nuevo virrey, a sabiendas de que ya no tendrían el apoyo directo y sin cuestionamientos que el duque de Escalona les había conferido. Fueron ellos quienes acogieron al depuesto y temeroso virrey y lo auxiliaron antes del juicio de residencia ordenado por Palafox. Además, comenzaron una batalla de rumores con el fin de devaluar la imagen del obispo. Entre sus artimañas encontraron la manera de involucrarlo en rumores dirigidos por fray Mateo de san José, amigo íntimo del duque de Escalona, aludiendo al posible enlace de la viuda de Guadalest, la hermana del obispo Palafox, y del hijo del duque con la hija de la marquesa. Pero no le valieron a López las truculentas cavilaciones y negociaciones propuestas para su exoneración y pronto el duque de Escalona partió deportado a su original España. Allá no perdió la oportunidad de difamar a su juez y quiso que el rey le repusiera lo que había perdido con la subasta que Palafox hiciera de sus bienes.

Los comentarios malintencionados y con ánimo de corromper su imagen se dieron en todas las medidas y sobre todas las materias humanas: corrieron los rumores de su bastardía y se puso entonces en entredicho su autoridad para juzgar lo maltrecho. De igual manera, y sin fundamento, se buscaba algún rescoldo para acusarlo de malversación de fondos, aun cuando ni siquiera cobraba un salario por ejercer como máxima autoridad del virreinato.

Así pues, tras la salida del antiguo virrey las tareas no fueron menores para él, que inició el despacho de todos los familiares del duque de Escalona que no estaban allí por su trabajo sino por conveniencia. Se le acusó de que el Tribunal de la Inquisición persiguiera incansablemente a los sospechosos de profesar la religión judía, portugueses en su mayoría. Pero lo mismo hizo con otros hombres y otros puestos mal administrados o con claros indicios de corrupción y maltrato a los súbditos o indígenas.

—Las personas se han de buscar para los puestos y no los puestos para las personas, mirando qué sujeto conviene a aquel reino, no qué reino le conviene a aquel sujeto —comentaba con gran enojo al darse cuenta de lo malherida que se encontraba la administración virreinal.

Así fue limpiando cada recoveco del señorío, tratando con serenidad todos los conflictos. El principal objetivo era que la Nueva España permaneciera en paz. Todas las noches dedicaba sus horas de sueño a instruirse y escribir sobre las leyes humanas y divinas, sobre el rigor con que debían aplicarse, sobre los reyes, los funcionarios, los sacerdotes: todo sobre el pensamiento político. Escribiría: «Más hace un rey en cuatro días obrando por sí, que en cuatro años obrando por otros». Sabía que como gobernante debía poner empeño en las virtudes de la justicia y la fortaleza, el trato sin agravios ni injurias para con los vasallos, y la prudencia. Así lo había aprendido de su padre y de la observancia de cuanto poderoso personaje trató desde su juventud.

Como los franciscanos, los jesuitas buscaron desafiar sus órdenes en cuanto máxima autoridad religiosa. Los ánimos se encendían mientras el virrey ordenaba designaciones en puestos de importancia de nuevos párrocos de rango medio. No solo evitaba así que los frailes fueran los únicos en oficiar misas y convivir con los indígenas, sino que minaba su poder sobre ellos llevando como observadores y líderes al clero secular. Pensaba que éstos conocían la lengua y eran muchas veces descendientes de los indígenas o mestizos, por lo que su trato era más sincero. Instruyó entonces que nadie podría oficiar sacramentos si no pasaba los exámenes de lengua indígena y otras materias. De esta manera tocaba los intereses de las órdenes religiosas, conformadas en su mayoría por peninsulares, a cuyo frente estaban los jesuitas, los que comenzaron a polarizarse en contra de los criollos y, por lo tanto, del obispo virrey. Aunque de uno u otro modo todas las instituciones de la Nueva España tuvieron renovaciones y auditorías, fue la religiosa la más renuente y en la que contó con más enemigos por estas acciones. No abandonó lo que sentía como tarea natural: el intento de producir un cambio profundo, duradero, en la manera de ejercer el sacerdocio. Quería hacer comprender la relevancia de ser pastor de almas. Y de la misma manera que tomó su vocación de guía, dispuso que las órdenes religiosas debían ser regenteadas por el clero secular y además, claro, pagar los diezmos

y no acaparar riquezas. Esta sería otra decisión impu-
table por todas las órdenes, pues pisaba todos los esfuerzos por acumular poder político y económico por
parte de las órdenes religiosas y contaba con el apoyo total de la monarquía, que necesitaba a toda costa
esos ingresos mermados en los últimos años.

—Remediaré los daños de la codicia que denigran
a los inocentes y pobres. Habré de desterrarla de las
almas de quienes deben dirigir almas. No deben rayar
en la miseria porque ya es una continua fatiga la obligación pastoral, vida llena de tribulaciones, penosa en
lo que obra, peligrosa en lo que omite.

A pesar de todos los compromisos políticos que lo
ocuparon esos meses, no abandonó su quehacer con
el Obispado de Puebla y el Arzobispado de México.
No dejó de procurar el rezo del rosario y siguió impar-
tiendo clases o pláticas en los seminarios, haciendo
visitas sorpresa y exigiendo de cada uno de los religiosos el cabal cumplimiento del Concilio de Trento.

—Para mí el obispado es eterno, como el matrimonio de un marido con su mujer legítima. Para mí,
Raquel, mi amada, será siempre la primera en mis
prioridades. El buen obispo ha de poner ojos en su
obispado, en lo que más necesita, y socorrerlo de aquello, prefiriendo los auxilios espirituales a los temporales. Falta predicación; proveerlo de ministros. Falta
educación; proveerlo de seminarios. Sobran necesida-
des; proveerlo de socorros. Corre riesgo con la necesidad la honestidad y está despoblada la tierra; casar
huérfanas. Hay pocos que confiesen y prediquen; fundar conventos. De estos hay copia, pero el clero está
deslucido; lucir y amparar al clero, y enseñarlo y ocu-

parlo y socorrerlo. Porque darle a su obispado de lo que no ha menester y le falte lo que ha de menester, no es buena administración. Y así ha de guardarse el prelado de hacer fundaciones que miren más a la autoridad de su persona que a la necesidad de su diócesis.

El obispo Palafox sintió que únicamente estaba haciendo una función de limpieza en el papel de virrey para después volver a su hogar en Puebla, de donde iba y venía. Además, en España había sido depuesto el conde-duque de Olivares, quien lo apoyaba a todas luces y contra todas las órdenes, poniendo Felipe IV como valido a Luis de Haro, quien no era tan devoto de las acciones radicales del obispo. Palafox reflexionaba al respecto:

—Los ministros en los puestos de la República no habían de tener más duración que lo que acertasen a servir. Y así en esta duda política, si convienen que sean perpetuos o temporales los que gobiernan, la respuesta en mi sentimiento había de ser: conviene que sean perpetuos en los que bien los sirven, e instantáneos en los que los sirven con exceso y mal, porque no hay mayor error que gobernarse en esto con el tiempo, pues no ese hace mejor al malo, ni empeora al bueno, antes a este lo hace mejor y a aquel peor.

Le debía absoluta fidelidad al rey y por eso había aceptado la tarea de enderezar y pacificar a la Nueva España, pero sabía que era una misión con un tiempo límite y ese se terminó en noviembre del mismo año cuando evaluó que todas las funciones encomendadas: sociales, políticas, jurídicas, educativas, culturales y económicas, en total cincuenta y seis despachos, estaban al corriente. El próximo virrey no debía más que atender a las fojas, leyes, edictos, ordenanzas y orden establecido por el obispo visitador para que siguiera caminando, con buena operación, el Virreinato de la Nueva España. De todas las materias escribió con detenimiento y puntualmente durante los cinco meses, con el fin de que los que lo sucedieran cuidaran del ejercicio del poder para bienestar de aquella provincia.

«…teniendo por cierto que el celo, prudencia y amor que tiene V. Excelencia a su Real Servicio las mejorará de manera que se encaminen por su mano desde la América, las felicidades, socorros y victorias de que hoy necesita su Corona en Europa.»

Sucedieron los meses de junio a noviembre de 1642 con gran rapidez y sin descanso alguno en la búsqueda de esa ansiada paz. Puso mano firme en los varios intentos de intervención por el lado del Atlántico, al que arribaron embarcaciones francesas y holandesas. Puso empeño en el ejército, levantando doce milicias para la defensa, y mantuvo a la Armada de Barlovento. Poner atención a la milicia era parte de sus tareas primordiales. Escribiría que el papel del virrey era conservar en paz y justicia las provincias, mirar con amor la hacienda del rey, amparar a los indios, dar bueno y breve despacho a las flotas y armadas, defender las costas del mar de los enemigos, excusar dentro de estos reinos las discordias públicas o tumultos y, finalmente, encaminar todas las materias al mayor servicio de Dios y de Su Majestad.

En las aspectos internos del virreinato detectó malos manejos, pleitos o fraudes y promulgó las correspondientes ordenanzas para la Audiencia, el Tribunal de Cuentas, la Caja Real y sus oficiales, la Contaduría de tributos y azogues y la de alcabalas, así como las correspondientes para la universidad. Sus tareas como visitador no cesarían, así que sus enemigos seguirían en el entredicho de ser fiscalizados en cualquier momento. Este oficio y el de obispo fueron acatados por Palafox como deberes personales con Felipe IV y no cobró salario alguno. Su sagacidad, sin embargo, no le sirvió para prevenir que quien lo sucedería como la máxima autoridad de la Nueva España sería una corrección aumentada de la discordia y la codicia de los tres virreyes anteriormente enjuiciados, las que terminarían por enfermar a sus súbditos y a la tierra gobernada: el conde de Salvatierra.

1647

Coloquio de Misericordia, continuación. El regreso a Raquel

Habrá apenas amanecido cuando el obispo Juan de Palafox y Mendoza vuelva al fin a su amada Raquel. Había estado escondido en San José de Chiapa desde hacía ya más de cuatro meses. Era 10 de noviembre, la ciudad se vestía de luces como si lo recibiera por vez primera. Cómo salió escondido, guardado en ese carruaje con las cortinas cerradas. Cómo cambió rápidamente, poco antes de llegar a Tepeaca, a una mula para pasar más desapercibido. Qué escasos los que lo acompañaron en ese empeño. Abandonó la catedral y su Palacio Episcopal y luego se escondió en Alchichica, o quiso hacerlo, y luego se cayó de aquella mula y apenas vino a mojarse con las aguas del río, como si sus vestiduras eclesiásticas pudiesen, qué tontería, defenderlo de la humedad. Cómo lloró y cómo se sintió solo, cómo sufrió y cómo se dolió de la ira y del oprobio de los otros.

Ahora regresaba casi solo de nuevo, apenas acompañado por el doctor Juan Ruiz Colmenero, habían salido un día antes y muy de madrugada cruzaron el río y avistaron la catedral. Habrían de regalarlo durante muchos días con fiestas y convites, con manjares y zalamerías, besándole las manos como si no hubiera ocurrido esa refriega infernal llena de insultos, de versitos satíricos. Ahora nada, su amada Raquel se vestía de gala y de luces, ya lo dije, de luces para recibirlo.

Más de seis mil personas entre hombres, mujeres y niños lo venían a saludar y a felicitar. Las campanas de catedral repicaban y repicaban anunciándole a todos que a pesar de la tontería de haber declarado vacante el obispado, locura de la que se arrepentirían sus enemigos, ahora él estaba allí, dispuesto a llevar esto, ahora sí, hasta las últimas consecuencias. Encendieron luminarias en todas las casas para acompañarlo a su paso y las luces parecían estar acompañadas de alegría o de canto, del júbilo de toda esa gente a la que había favorecido en esos casi nueve años. Pero don Juan no se engañaba, no; su regreso no dejaba de tener o de implicar dolor o amargura, incluso esa misma ira recalcitrada en sus enemigos los jesuitas, cuántos lo odian, piensa, qué rara la circunstancia que lo hizo abandonar Puebla, qué duros los escandalosos libelos que inundaban las calles hiriéndolo con mentiras y profanaciones, y ahí estaban en su memoria en tanto le besaban las manos los mismos sacerdotes que decían odiarlo, los alborotos que le ocasionaron los franciscanos y los jesuitas, mientras aquél escribía pensando en las *Confesiones* de san Agustín, en el amor de todo buen cristiano hacia sus enemigos. ¿Él los amaba? Aún ahora se lo pregunta. ¿Puedes amar realmente a quien tanto daño te hace, a quien tanto dolor te infringe? ¿Cuál había sido además su culpa? Tantas veces se lo ha repetido. ¿Pedirle a los frailes que pagaran sus diezmos? ¿Recuperar la Iglesia y el imperio, los tantos bienes que los hacían ricos a pesar de su famosa pobreza? No, los frailes se resistían a pagar, se aferraban a los bienes mundanos y se atrevieron incluso a excomulgarlo a él, a don Juan, excomunión mayor, *late sentencie*. Quién puede excomulgar al obispo de la Puebla. Le había escrito a Felipe IV en su memorial: «Ellos, su Alteza, eligieron no obedecerme, qué culpa tengo yo en cumplir, es que la ley es para unos o para todos». ¿A qué había venido a la Nueva España antes de a pelearse? Enjuiciar virreyes, otro empeño vano; le tocó a él mismo destituir a Diego López Cabrera y Bobadilla, séptimo marqués de Villena. El desgraciado y vil de Villena. ¿Qué había hecho Palafox sino cumplir? Felipe IV le había ordenado que lo relegara del cargo. ¿No fue Villena quien se trató de alzar con el virreinato como su primo portugués? ¿No fue el monarca mismo quien le pidió que se quedara en su lugar? Ay, el ingrato de Villena, él fue quien comenzó a atacarlo y a escribir papeles en su contra, a negar la autoridad moral del obispo para despojarlo del cargo.

En fin, hace cuatro meses huyó de su diócesis, imposible aplacar la ira. Martirizado. ¿No lo intentaron matar incluso frente a la catedral? ¿No desataron una guerra casi fratricida? ¿No se declararon los pueblos en su defensa y los poderosos en su ofensa? Pero en las guerras, en las guerras nadie sale ganando.

Un bando y otro bando, rápidamente surgieron los apodos: *juanetes*, los seguidores del obispo, incómodos, dolorosos como un juanete y cercanos a él, a don Juan así llamado. *Palancas* los otros, los oprobiosos, palanca que quiere decir medicina de podridos. En toda guerra hay dos bandos, fue ésta un sainete *juanetes* contra *palancas*, pero los *palancas* no se habían

111

atrevido solo a insultarlo con papeles o con libelos; no, no solo se habían atrevido a excomulgarlo o a llamarlo hereje, lo habían intentado matar frente a las puertas de su catedral, se habían burlado de él en una celebración pública dedicada a su querido Ignacio de Loyola. «Líbranos, señor, de Palafox», habían gritado y él en el monte, en San José de Chiapa.

Escribe ahora don Juan en su pergamino: «y habiendo pasado de noche, cuando se retiró por golpe de agua sin saber el vado de él, cayó la mula y porque ésta no cayese, se vuelve a apear, no se acuerda bien si fue uno u otro, y así caminó más de quinientos pasos de noche, llegándole el agua muy cerca de la cintura y cuando salió y llegó a la casa adonde iba a esconderse, halló que no se había mojado y que solo había un poco de humedad en lo alto de su media, cerca de la rodilla, cuando todos los demás venían de agua».

Ahora, este 10 de noviembre está en su Puebla de los Ángeles y de los demonios y le han hecho fiesta. Aquí empezó la guerra y aquí nunca vino la paz. No sabía entonces don Juan que más que el saludo, la bienvenida de su regreso, comenzaba su más triste despedida. No sabía que moriría sin volver a Puebla, que lo haría en Osma entre sábanas sucias y calenturas insoportables. Quiso ser un santo, pero no un santo de pintura, sino uno de bulto, de escoplo y martillo, labrado en la férrea convicción de su trabajo. Ay, don Juan, don Juan, de qué sirve dolerte ahora o de qué sirvió entonces el saludo y la fiesta de los poblanos, seguían siendo *palancas* tus enemigos, seguían siendo *juanetes* tus seguidores y seguía tejiéndose, urdiéndose la sucia trama de tu porvenir, de tu destierro.

En San José de Chiapa, lejos del aire templado que sopla de norte a sur en su Puebla y que tanto gustaba de aspirar por las mañanas para apaciguar su alma, el obispo Palafox tomaba a sorbos y por necesidad física, que no por placer, la bebida caliente que le había traído amablemente la criada de la familia Salas. Tenía esa sensación de que, a pesar de las buenas nuevas que le habían comunicado de parte del nuevo secretario del nuevo virreinato, el daño ya estaba hecho sin posibilidad de curación. Estaba ratificado como obispo de la señorial Puebla de los Ángeles para aumento de la rabia de los jesuitas, que ya habían proclamado vacante su plaza. Pero aún no podía sonreír. De nada le habían servido al conde de Salvatierra los doscientos mil pesos invertidos o los cien mil de los jesuitas para ayudar a desprestigiar su nombre ante los tribunales que tenían su caso. A pesar de la tardanza por parte de Felipe IV, la justicia, que no la justicia parcial de sus enemigos, que entonces ya no debía llamarse así, había triunfado. *Por el momento*, pensaba, pues la ambición era una enfermedad crónica. Después de terminar su bebida acomodó en un veliz su diario, unas mudas, su Cristo amputado y algunos sermones. El rosario de madera hecho por los indígenas de Tlaxcala lo guardó en una bolsa de terciopelo rojo y la puso entre su vestimenta. Sintió de repente mucho cansancio y dificultad para respirar y tuvo que volver a tomar asiento frente a la mesa que había alojado sus escritos durante esos días con sus noches, mientras resolvía cómo sacar la verdad a la luz para volver con su Raquel y vencer al conde de Salvatierra y sus aduladores. También se había aficionado a escribir a la orilla de la laguna cercana al casco. En la cuevecilla sentía que el tiempo se detenía y que todo era apenas un mal sueño. Nunca habría imaginado que sus mentores se volverían sus principales verdugos, y lo peor, que faltaran a sus principios de objetividad, verdad y justicia con tal de devorar cuanto privilegio alcanzaban sus manos. No solo se habían negado durante una década a responder al Concilio de Trento, no solo almacenaban las limosnas para sí mismos sin devolver al pueblo, a los pobres, a los indígenas parte de ese diezmo, sino que también alentaban al clero secular a hacer lo mismo, a beneficiar a sus familiares antes que a los feligreses, a vender sacramentos para cubrir sus carencias económicas, a vivir el sacerdocio de manera indigna.

—La dignidad episcopal no tiene parientes sino acreedores y estos son los pobres, cuyas son las rentas, no de los parientes, de quienes solo se tiene la sangre. Y Dios no ha de pedir cuenta de lo que se dejó de hacer para que los de la misma sangre vivieran con sobras, sino de lo que se quitó a los pobres para que en los parientes hubiera excesos.

El obispo se había dedicado, desde su llegada, a resarcir esa imagen desgastada y de abuso del clero secular. A su parecer debían librar no nada más sus carencias económicas, sino principalmente los espacios espirituales e intelectuales. A esa labor había dedicado grandes esfuerzos con muy buenos resultados, palpables sobre todo en los apenas finiquitados colegios de san Jerónimo, el Espíritu Santo y san Ildefonso. Y hoy ese mismo clero se había aliado con el obispo de México, Juan de Mañozca, y su sobrino, inquisidor de la Nueva España, y los jesuitas al mando del padre Velasco, para ridiculizarlo, blasfemar de él y, por fin, expulsarlo de su silla episcopal.

Sin embargo, la Divina Providencia lo había escuchado y el conde de Salvatierra era reemplazado abruptamente por el obispo de Yucatán, Marcos de Torres y Rueda. En su diario, Palafox confesaría la culpa que sentía por esa secreta alegría de triunfo. Una victoria muy endeble porque aún quedaba en la figura de los jesuitas el rescoldo de la lucha fraguada y casi ganada contra su persona. Y él, con ese voto de humildad que debía autoimponerse por sobre todas las cosas, tendría que verlos a la cara otra vez a su regreso a la silla obispal y tratar de trabajar con ellos por el bien de su Raquel. Ese deber moral le generaba demasiada angustia, por eso su dolor en el pecho.

—Eminencia, ¿se siente bien? ¿Necesita ayuda con su equipaje, le falta algo…? —preguntó servicial su ayuda de cámara—. ¿Llamo al licenciado Lorente para que lo auxilie, o…?

—Estoy bien, hija, gracias. Solo que no logro darle nombre a estos sentimientos mezclados, entre la preocupación y la alegría, por volver a Puebla. Pero estaré bien, si Dios así lo quiere —sonrió el obispo a la señora con sincera compasión por sí mismo.

Ordenó esa noche una misa con todos los de la hacienda para encomendar a Dios a todos los conservadores, al exvirrey y al nuevo virrey, a los comisarios del Santo Tribunal y a todos los que tocaba perdonar en esos días.

El camino de regreso a la casa episcopal se le hizo eterno. La incertidumbre le tenía el estómago descompuesto. Las calles tan rectas eran las mismas. La gente haciendo sus deberes matutinos era la misma. El cielo tan azul se veía incólume. El que había estado fuera por precaución a su vida, por una persecución canina, voraz, era él. Su Raquel parecía no haber sufrido la separación que lo tenía con el corazón en vilo. Hacía mucho frío pero no era para que su piel estuviera erizada y tan sensible. Estaba previsto que le entregaran a fin de mes, corría noviembre, la sede de manos del cabildo angelopolitano. Tendría entonces solo diez días para retomar sus tareas pendientes, sobre todo la culminación de la catedral. Así fuera con sus propias manos, trayendo las piedras sobre la espalda, finalizaría el trabajo de casi un siglo. Además revisaría los cuadernos de las cuentas de las distintas sedes y los cursos de los tres colegios: san Juan, san Pedro y san Pablo. Era menester comenzar nuevos proyectos y evaluar su trabajo de casi nueve años para comenzar la segunda parte, tras este forzado paro, de su tarea al frente de la ciudad de Puebla.

En cuanto puso un pie en el suelo, la servidumbre entera y algunos sacerdotes lo recibieron con gran alegría pues para todos los cohabitantes fungía como su protector y guía. Todos en la casa episcopal estaban obligados a estudiar y cumplir cabalmente con lo designado por el rey y el papa, pero sus familias estaban seguras y ante cualquier enfermedad o penuria jamás habían quedado desvalidos. Eso sí, los errores eran minuciosamente estudiados y, como en tiempos en que administraba la casa de su padre, los rumores infundados y habladurías se castigaban con dureza.

Esa mañana de su llegada decidió no hacer casi nada pues seguía con varios síntomas de cansancio físico, mental y hasta moral. La noticia de su arribo ya había corrido por toda la ciudad y la campana de la casa no dejaba de anunciar visitas de feligreses, autoridades y hasta jesuitas que buscaban verlo para darle sinceros saludos y bienaventuranzas, pero el obispo no había querido, ni podido, recibir a nadie. Estaba totalmente indispuesto. A pesar de saber que Felipe IV tendría que tomar alguna acción contra las fechorías, los negocios mal habidos del conde de Salvatierra, y que de paso su persona quedaría limpia de los edictos escandalosos de la Santa Inquisición de México sobre él, no se reponía de que por lo pronto ya no fungiera como visitador español del virreinato, aunque fuera restaurado en el obispado. Significaba, entonces, que el rey no estaba del todo convencido de darle su apoyo ante tanta infamia y quizá eso lo angustiaba aún más pues a nadie sino a Dios había sido tan fiel.

Al otro día de su llegada, después de la colación, el obispo se dispuso a dar una caminata de reencuentro con su adorada Raquel. A su paso mucha gente lo saludaba y besaba la mano sinceramente. Eran sus vecinos, los comerciantes, las amas de casa, los peones, a quienes se les iluminaba el rostro nomás de comprobar que otra vez estaba con ellos quien tanto les había dado en ocho años. A su paso también se entreveían miradas recelosas que se asomaban por mirillas o gente cuchicheando: «¡Ha regresado! ¡Lo han perdonado! ¡Menudo susto se va a llevar el padre Velasco!». El obispo solo atinaba a tragar saliva y trataba de no reflejar ese sinsabor en el rostro. Quería no pensar en ese hervidero de malentendidos y difamaciones procedentes de muchos años de rencor y envidias por parte de aquellos sacerdotes jesuitas a los que había él truncado las malas administraciones y los actos injuriosos.

Así llegó el día 25 de noviembre. El obispo Palafox no había dormido por mucho tiempo. A las cinco de la mañana ya llevaba dos rosarios previos al del alba. Los misterios dolorosos los había desgranado con lágrimas, no sabía si de desahogo o de miedo por la ceremonia que se avecinaba y que, aunque solo era un trámite más ante el hecho de ya estar departiendo desde la silla episcopal, significaba el reencuentro cara a cara con sus detractores, que estarían en primera fila por órdenes del virrey. Pero era, también, la fiesta dispuesta para renovar sus votos de amor infinito con su amada Raquel. Era la hora contrapuesta a aquella en que la Puebla de los Ángeles recibió al séquito de los conservadores que lo buscaban para aprehenderlo o herirlo y hacer vacante su plaza. Cuántos jolgorios había celebrado la Compañía por esta acción y la huida del obispo. Los rumores de excesos e incluso una auténtica bacanal en honor a este triunfo maltrecho se habían desperdigado entre todos los habitantes. Ante el cuestionamiento de aquellos excesos, algunos jesuitas no los negaban pero sonreían jactándose de la magnitud que tenía haber vencido al «intocable señor obispo Palafox» y de ahí el tamaño de la celebración.

No había huido. Estaba claro que debía partir para evitar, ante esa clase de ánimos encendidos, un vano derramamiento de sangre. Por eso su salida intempestiva a recibir al señor obispo de Oaxaca, quien pasaría por México. En el camino había sido muy bien auxiliado por devotos de su figura y llevado para su cuidado a la hacienda de don Juan de Salas y Valdés, al lado del bachiller Francisco de Lorente y su secretario Gregorio de Segovia.

En aquellos días de reconocer lo hecho durante su ausencia, realizó arduos ejercicios para vencer la animadversión hacia sus contrarios, sin embargo, cuando regresó no dejó de castigar a las prebendas que despreciaron a la mitra; entre ellos se encontraba el señor don Miguel Poblete, quien fue el único en pedir perdón de rodillas con gran congoja en el corazón por haberle faltado. A él, el obispo Palafox lo tenía en gran aprecio porque trabajó con ahínco en su obra capital de la catedral. Con gran alegría por la conversión, el obispo lo absolvió:

—Dios nos tenga de su mano, que si no, peores cosas hiciéramos. Obremos bien que Dios nos ha de ayudar —le dijo alzándolo con un beso en la mejilla.

El día de su reinvestidura, sin embargo, poco podría hacer para evitar otra clase de besos y muestras hipócritas de gozo y sumisión, principalmente las de todos sus enemigos de la Compañía, porque éstos tenían la orden expresa del nuevo virrey de doblegar la cabeza ante la exigencia de que don Juan de Palafox regresara a su obispado. Y así debieron hacerlo, no deseando que las fuerzas del virrey se unieran a las denuncias detalladas, explícitas, del obispo sobre sus fechorías, cultos paganos, abusos de poder, faltas a la moral y demás cargos y pruebas que les era conocido tenía en su poder.

En su ausencia se habían dado abusos y clara rebeldía pues se dedicaron, sin tener licencias episcopales, a impartir sacramentos. La mayoría había realizado desacato a todo lo dictado desde 1640 por Palafox, con la certeza de que el conde de Salvatierra lograría su injusto cometido de marcarlo incluso como el Anticristo. El conde de Salvatierra tuvo como compañía principal, dentro y fuera del aposento, a un religioso de san Francisco que había buscado con ahínco el desprestigio total del visitador y solo hasta que el rey tuvo suficiente de todo ello fue posible deponerlo y permitir que su hombre, el obispo, volviera a su sede y pudiera celebrar aquel día el reencuentro.

—Más quiero padecer sátiras que hacerlas; padecer las injurias, que decirlas, ser despojado, que despojar. Ser aborrecido, que aborrecer. Y solo cuando la justicia y la debida defensa y el báculo que traigo en la mano necesita de volverse pluma y aun lanza espiritual, si es menester, para defender a la Iglesia, entonces la humildad se vuelve constancia, no venganza; la benignidad, fortaleza, no maledicencia; la dignidad, valor, no temeridad; sin que tengan esos padres ni toda la Compañía, ni cuanto hay en el mundo, fuerzas bastantes para apartarme de la razón, ni de la disciplina eclesiástica, que sigo con la gracia divina, ni del amor de mi Iglesia, ni de la defensa de mis pobres y jurisdicción, ni de la verdad de mi fe, ni del afecto de la caridad, siguiendo, aunque con desiguales pasos, a tantos obispos que, por defender sus iglesias, han padecido iguales trabajos y persecuciones.

En la misa todos comulgaron, bajaron la mirada en señal de humildad ante el Santísimo, participaron de la homilía como el que más y, cuando fue colocado el capelo de sinople en la cabeza de Palafox, sonrieron con singular alborozo. Acabando la misa, tras la absolución se acercaron todos, uno por uno, a besar el anillo de la consagración a Cristo que llevaba el obispo, quien solo atinó a comprimir el aire dentro de su pecho y orar internamente a la Inmaculada Concepción de María por su serenidad y humildad ante aquel claro acto de hipocresía y provocación.

Poco después, en un ejercicio de confesión y perdón, le escribiría al cardenal Moscoso que entre los frutos de sus trabajos estaban el haber puesto las doctrinas en manos de los clérigos, vencer el pleito del pago de diezmos, y ganar el pleito de las licencias para confesar y predicar, con todos excepto con la Compañía. Y que, por su parte, perdonaba a sus enemigos y nada pedía contra sus personas, sino que se averiguase su inocencia y se publicara la verdad.

1649-1650

Consagración de la catedral y regreso a España ante la corte penal

Sabía que en el momento de levantar el cáliz corría el riesgo de caer de rodillas, doblado por la pena de tener que marcharse como se van los que deben algo. Y al alzar la copa de oro labrado él creía que era todo lo contrario, le debían. Aquella sangre de Cristo que se elevaba era para consagrar otra de sus obras, la más perfecta, el consuelo y alivio al trabajo de todas sus comisiones: la catedral de su Puebla de los Ángeles. Era el 18 de abril de 1649.

Con angustia se percataba de que el tiempo en ese recinto se acortaba. Tenía la orden estricta del prelado de abandonar Puebla con destino a España, como si hubiera sido culpable de los escándalos y contrariedades en el virreinato. Ya no había cabida para esperar que, en un milagro, Felipe IV respaldara sus acciones como antaño.

Tocaban las campanas con gran intensidad y el incensario se balanceaba de un lado a otro perfumando a todos los fieles, que agachaban las cabezas en señal de recogimiento. La catedral estaba al fin terminada, casi cien años después del inicio de su construcción. El piso, las cúpulas con reminiscencias de la arquitectura madrileña, las tres naves principales, las capillas, el Altar de los Reyes y su capilla cuadrangular, las columnas de jaspe, las cornisas y pedestales, todo tenía un brillo que don Juan solo había soñado para su adorada Raquel. Él había puesto el empeño de su vida, de sus propias rentas incluso, para que se terminara de edificar la más hermosa catedral. Presionó a las autoridades para que se cumpliera el Concilio de Trento y poder contar con los diezmos. El rey siempre había estado al tanto de todas las acciones de don Juan, mucho más en relación con la culminación de la catedral: «Luego que llegué a esta ciudad, fui a ver la iglesia nueva, que está a pocos pasos de la antigua, donde hoy se celebran los oficios. Hallé un edificio excelente formado hasta las cornisas, en la capacidad, en la planta y en todas las demás circunstancias, no inferior a las mejores y mayores de España. Pero estaba ya dada esta obra por tan muerta en su continuación que, sembrada toda la iglesia de maíz, los indios vivían en las capillas como morada y habitación propia, todo profanado e indecente, porque en veinte años que ha corre esta fábrica por los virreyes, no se ha hecho cosa en ella más que extenuar su renta con el nombramiento de obrero mayor y otros oficiales que han llevado salarios de balde y Vuestra Majestad por cédula de 5 de diciembre de 1631, ha mandado que los restituyan y hasta ahora no se ha cumplido. Di orden luego que se limpiase y echasen fuera los indios y que se cerraran las puertas, pues cuando esto no se debiera alertar ya destinado este templo para Dios, se debe a él, hallarse en él enterrados muchos difuntos por no caber en el templo antiguo, con que es ya este lugar religioso», le escribiría, emocionado, el obispo de la ciudad de Puebla de los Ángeles.

En el clímax de la consagración, don Juan dio gracias a Dios porque se había podido culminar el trabajo de cien años de vanos intentos. Su tenacidad le permitió entregar al rey un grande y suntuoso edificio. Los ojos se le llenaron de lágrimas y el momento más importante de su misa se prolongó por varios minutos. Atrás de él, el altar mayor, de imponente presencia. El altar se había hecho a la manera de Granada y Málaga, con cuatro suntuosos frontales y doce columnas ricamente decoradas. Se colocaron doce vírgenes y doce ángeles con las insignias de la Concepción, y en el remate el arcángel san Gabriel con el Ave María. El tabernáculo se erigía como el más lucido de las construcciones europeas. Fue trabajado bajo el diseño de don Pedro García Ferrer y las manos de Diego Cárcamo. Don Juan lo imaginó tal cual las obras de Bernini en el Vaticano o de san Carlos Borromeo en Milán.

Al fondo del altar mayor se elevaban el vistoso pedestal de jaspe, las cuatro pilastras, dos en cada lado, con sus basas y capiteles tallados de hojas de la Capilla de los Reyes. Entre las pilastras y el sagrario, dos cuadros de Pedro García Ferrer. En cada nicho se encontraban los santos, reyes y reinas, antecesores de la augusta casa de Austria y del rey Felipe IV, seis esculturas de los antepasados: san Luis, san Leopoldo, san Hermenegildo, santa Elena, santa Isabel y santa Margarita, todos elegidos por don Juan por haber sido destacados monarcas por su dedicación o protección a las construcciones sagradas. Entre dos nichos sobresalía la Concepción Purísima de la Virgen y arriba la asombrosa Coronación.

Cuando terminó la comunión don Juan absolvió a todos los fieles que lo acompañaron y suspiró hondamente. Se sentía agotado, con el cuerpo tan cansado que se fue hacia atrás del altar y quiso sentarse en la banca frente al gran lienzo de *La adoración de los pastores* que su amigo García Ferrer le había elaborado. Allí estaba él mismo, encubierto entre los rostros pincelados de otros pastores, ángeles, José y María y el niño Jesús. Él merecía estar en la pintura, se defendía, porque era un auténtico pastor. Cuántas veces fantaseó cuando en su Fitero llevaba frente al Señor al rebaño que conocía. Le había pedido a don Pedro que lo pusiera en alguna esquina, adorando la Natividad, pero aquél lo había puesto en un plano sobresaliente, su rostro iluminado señalaba su origen distinto al de los otros pastores. Su expresión no se veía tan cansada como se sentía ahora. Al contrario, la piel lozana, limpia, contrastaba con la dureza del resto. Don Juan y sus allegados llamaban al lienzo «El pastor de Nochebuena», como aquella pieza teatral que compuso inspirado en su infancia y que representaba en cada fiesta del nacimiento de Jesús. Él era el pastor y hoy estaba satisfecho con el resultado de su pintura y del Retablo de los Reyes. Contento con todos los detalles barrocos. Entusiasmado por las columnas salomónicas y la decoración que había ordenado se pareciese a los tapices que admirara en el *Triunfo de la Eucaristía* de las descalzas reales.

Parecían siglos los que habían pasado entre aquel pastor de ocho años de edad y el obispo que ahora celebraba en ese recinto la culminación, lo sabía bien, de su entrega de nueve años a la Puebla de los Ángeles. Pero por hoy solo bastaba que se había dado el reconocimiento del Patronato Real a su catedral. Si el rey decidía que partiera mientras las aguas se calmaban, él finalizó todos los asuntos que se encontraran en sus manos. Estaba en paz.

El resto de los retablos de la catedral poblana estuvieron sumamente cuidados bajo la directriz del obispo. «Entre las dos naves colaterales se hacen dos retablos muy hermosos... que pueden ser principales en cualquier catedral, están ya muy adelante, el de mano derecha de la Pasión de Nuestro Señor, donde he de poner su Santa Imagen que traje de Alemania, a quien cortaron los brazos y piernas los herejes... En las capillas se hacen retablos proporcionados y de muy buen arte, a la invocación de los Apóstoles, santa Ana, san Miguel, san José y otros santos de la devoción de esta ciudad...», escribiría don Juan anticipadamente al rey sobre los avances, a cargo de Cristóbal de Melgarejo, de toda la decoración de las naves del inmenso templo. Un año después, tras el término de su misa final, recorría aquella celda donde iba a poner a su adorado crucifijo y que, ante la inestabilidad emocional que ahora vivía esperando el veredicto final, guardaba para sí mismo. Las imágenes no solo eran para catequizar o persuadir, creía el obispo, estaban para acompañar y consolar. Servían para no perder la fe en situaciones contradictorias como la que ahora vivía.

Esa misma devoción por las imágenes pintadas o labradas la compartió con los indígenas americanos, por ellos había dedicado un retablo a san José, su protector, y a san Miguel, a quien creía milagroso por sobre los demás santos. Todos los lienzos habían sido elegidos por alguna razón y justificación en específico. Todas las pinturas, encargadas a Diego Borgraf, Pedro de Vergara, Gaspar Conrado, Pedro Chacón y Pedro de Benavides, habían sido supervisadas en su iconografía por don Miguel Poblete con su beneplácito.

Igual importancia tuvo el encargo de los retratos de los obispos que lo habían precedido y el suyo propio. Aunque su autorretrato fue una decisión que estuvo cabildeando consigo mismo durante varios días, pues si algo se oponía a sus promesas de humildad, eso era verse retratado y alabado por lo mismo.

—No voy a posar para retrato alguno —le dijo a Diego Borgraf—. Puede, si quiere, copiar el dibujo que hicieron de mi persona en la Audiencia Real. Es el único retrato que existe y si hubiera más los quemaría yo si pudiera, por las muchas ofensas que tiene hechas a Dios —concluyó.

Había destinado para su digna exposición la sala capitular. En el mismo sentido, hizo traer los restos de cada uno para que descansaran en las criptas catedralicias como se hacía en España, específicamente en Tarazona, donde había vivido bajo el cuidado de monseñor De Yepes. Al final fueron nueve retratos, incluyendo al actual obispo: Julián Garcés, Pablo Gil de Alabera, Francisco Sarmiento, Fernando Villagómez, Antonio del Moral y Molina, Diego Romano, Ildefonso de la Mota Escobar, Gutierre Bernardo de Quirós.

Su retrato daba, con precisión, datos exactos de su origen en la casa de Ariza, su historia como Palafox y Rebolledo y Mendoza. Ordenó que se pusieran los iconos de sus escudos de armas, su personalidad solemne y su condición episcopal. Quiso, además, que se escribiera el lema de santa Brígida: *Amor meus Crucifixus est.*

Estaba por culminar su gran día: la ceremonia que había preparado por mucho tiempo y que dio a conocer a sus fieles en febrero de ese año, ante la premura de su inminente partida. «Prevengámonos pues, fieles e hijos míos, a la mayor felicidad, honra y favor que ha llegado, no solo a nuestros oídos, pues lo vemos, sino que pudo llegar a nuestro pensamiento, ahí por las muertas esperanzas con que se vivía de ver acabado este suntuoso y real templo, comenzado cerca de cien años antes por la religión y liberalidad de nuestros esclarecidos y Serenísimos Reyes, y con tan grande costa continuado y en diferentes tiempos suspendido, y ya últimamente por la parte interior, con el divino favor, suntuosamente acabado; sino por ser tan estimable la merced que Dios nos hace, de que dentro de tan breves días haya de verse bendito, consagrado y solemnemente dedicado; favor tan grande en el juicio de la Iglesia universal, que justamente manda, que antes de celebrarse este reverendísimo acto, se señalen días de ayuno y abstinencia a los fieles, y se prevenga el espíritu con la mortificación y se aflija la naturaleza…». Todo lo tenía bien medido. Los materiales que iba a ocupar en la consagración: el óleo, el agua, la sal, las cruces y los alfabetos griego y latino. Cuáles pasajes leería para que los fieles tuvieran una mayor intimidad con el ritual y qué indulgencias alcanzarían al participar en la ceremonia. En sus edictos, quiso el obispo dejar claro que, además, sus fieles tenían obligación de ayunar y asistir con sus imágenes o cruces a fin de que fueran bendecidas en tan especial día para tan perfecta construcción.

Sentado en la banca del Altar de los Reyes, el corazón de don Juan comenzó a recuperar el latido normal. La capacidad de la catedral se sobrepasó, llenándose el atrio y los patios aledaños y más allá de las puertas de hierro que protegían la fachada de piedra de cantería. El coro, hecho del mejor cedro, lució en su máxima exposición. El obispo estaba seguro de que sería, siempre, la más hermosa de América, a la altura de las mejores catedrales de Europa. No podía estar más orgulloso de su gente, de los pobladores de la Puebla y de México que habían acudido a la fiesta desde el 17 de abril, la víspera. Con galas bordadas y decoradas para la ocasión, los naturales habían vivido como suyo aquel festejo convocado por el obispo. Autoridades de toda la Nueva España, tanto de la Iglesia como del virreinato, también habían acudido a presenciar la culminación de los días de Palafox en esas tierras.

Aún sonaban campanas y afuera el bullicio de la gente y los fuegos de artificio no cesaban. Las luces adquirían otros tonos por los vitrales en las alturas de la catedral. Pero el obispo no quería salir, aún no. Quería tomar aire para no deshacerse ante nadie en sollozos que sentía apretujados en el pecho. Todas las emociones revueltas opacaban su vista. Volvía la vista al «pastor de Nochebuena» para poder gobernar sus pensamientos de nueva cuenta. Ya nadie vivía, de aquellos días en que corría cuesta abajo por las calles de Fitero. Muy lejos estaba de las tardes con su viejo Pedro Navarro, aprendiendo a zurcir con detalle la ropa para hacerla lucir más nueva. También sentía que eran siglos los que lo separaban de sus pláticas en italiano y latín con su padre, el marqués de Ariza, sobre Europa, el arte, las imágenes. Sus sueños, todos, se habían cumplido más allá de lo previsto.

Ese día comenzó con el alba, pues a las seis de la mañana el obispo había empezado a verificar que todo estuviera en orden para el ceremonial pontifical. Primero encendió las luces de las doce cruces de las paredes. Luego se retiró a orar durante quince minutos para salir a comenzar sus tres procesiones alrededor de la catedral, donde lo esperaban todos los invitados.

—*Aperite, aperite, aperite*—tres veces llamó don Juan de Palafox con el extremo de su báculo en la puerta principal.

Al fondo se escuchaban los salmos y algún bullicio de niños que no entonaban al unísono de los adultos. El obispo, tras la bendición en el interior, salió otra vez donde estaba la mayoría y les habló de la gran importancia de esa consagración y el amor que se debían tener entre los seculares y los eclesiásticos. Después signó tres veces la puerta de la catedral y dejó entrar a todos los feligreses al esplendor del hermoso inmueble.

Esa noche todavía faltaban las vísperas cantadas y un sinfín de repiques que tenían previsto durar hasta el lunes. El martes seguirían los festejos con la procesión para llevar al Santísimo Sacramento al recinto catedralicio; iría acompañada de la Capilla de Música de la catedral. Después, poco a poco, las calles volverían a su estado natural, limpias y rectas. La gente volvería al interior de las casas y los bailes cesarían. Y él, el señor obispo Juan de Palafox, tendría que preparar su partida ante el beneplácito de los jesuitas, el arzobispo Mañozca y la Inquisición. La misma congregación que lo había educado en Tarazona… los mismos jesuitas con los que había debatido durante sus años en Salamanca. Aquellos a quienes admiró por su disciplina y a quienes había copiado el afán de aprender y leer sobre todas las materias y a todos los autores para formarse una opinión propia y fundamentada ante cualquier vicisitud. Esos mismos hoy lograban su malicioso objetivo, que él dejara a la grey católica angelopolitana. Que huyera quien llegó a poner orden a la Nueva España por señalarlos como desobedientes, a ellos que habían sido los que dictaran las reglas. La embarcación rumbo a España estaba prevista para el 10 de junio. Ya no quedaba mucho tiempo, y la celebración de ver decorados los muros que había encontrado desnudos y a medio construir en la catedral de su adorada Raquel nueve años antes continuaba.

Don Juan se preguntaba si alguno de todos esos feligreses que tan alegres se encontraban afuera contribuyó con la causa jesuita, con el más grande auto de fe que se gestaba contra su persona en la Ciudad de México. Si todos los que hoy lo felicitaban ayudaron a erigir el expediente tan contradictorio que había hecho enojar al rey, obligándolo a decidir su rápido retorno sin haber concluido del todo tantos pendientes, lo que dejaba vulnerable a la Nueva España.

Habría durante el novenario y el mes de abril festejos a propósito de la catedral, pero también, en cierta medida, para despedirlo a él. Las procesiones, de más de seiscientos miembros del clero secular, se harían durante varios días con el obispo al frente, con el Santísimo, la Virgen y las reliquias que había hecho traer de todo el mundo. Pero también las fiestas paganas que tanto divertían a la gente estarían presentes: los toros, los bailes, las justas donde se lucían los trajes de cristianos y moros, las carreras, las escaramuzas, teatro.

Tras un par de días llegó a empañar la felicidad de Palafox y el pueblo la enfermedad del virrey-obispo de Yucatán, don Marcos de Torres y Rueda, y se dio la orden de seguir solamente con los festejos espirituales. Este hecho se sumó a la angustia que sentía de dejar tan desamparada a su amada Raquel y a los indios.

El tiempo pasa más rápido cuando se espera la estocada final y el 10 de junio dirigió un último y muy sentimental mensaje a los poblanos, los que lo trataron a diario, los que habían ayudado en sus labores educativas, los albañiles y maestros de sus obras, los indios y sus familias que buscaban un lugar en la naciente grey, las pocas autoridades para las que quedaba claro que no se trató de un acto de injusticia exhibir los abusos de los alcaldes, la manipulación de varias órdenes religiosas y la relegación que el virreinato había hecho de los naturales.

A su llegada a tierras españolas, a pesar de ser recibido con gran honra y con la plaza de Consejero de Aragón, don Juan de Palafox escribía desconsolado con fecha 7 de septiembre a Íñigo Fuentes, preguntándole si el arzobispo de Sevilla era simpatizante de la causa jesuita y si tenía algún consejo sobre cómo habría de comportarse en la corte. También, con gran pesar le informaba sobre la muerte del virrey-obispo de Yucatán y la incertidumbre sobre el futuro de la Nueva España. La tristeza se haría más honda cuando pisó el viejo continente para darse cuenta de las condiciones en que la peste dejaba a las familias andaluzas. Habría también trabajo, sin duda, pero sus fuerzas y ánimo no eran los mismos y aún esperaba muchas resoluciones por parte del rey, del Vaticano y de Dios. Esperaba, con más necesidad que fe, regresar adonde su amada Raquel.

EPÍLOGO

1653-1659

Aprender a morir en Osma

El desgarramiento interno se reflejaba en cada uno de los gestos, en el semblante todo de quien fuera el hombre más poderoso sobre la faz de las colonias hispanas, vano empeño, triste cuidado, doloroso recuerdo ya de lo no logrado.

Durante la travesía de tierras novohispanas a España no emitió palabra y nadie se atrevió a interrumpir su silencio. Buscaba la resignación y tenía la esperanza de que solo iba a tratarse de un viaje a la tierra natal pero que regresaría a su hogar, con su amada Raquel. Llevaba como equipaje muchos manuscritos con la idea de terminarlos: cartas con instrucciones para Puebla, contestaciones a los alegatos jesuitas, tolerancia a los dictámenes pendientes respecto al juicio que se le seguía por animación de la Compañía, poemas, su diario.

Al mismo tiempo, buscaba apoyar su vulnerable espíritu en la alegría de ver a sus hermanos y sobrinos que de tanto en tanto le escribían cartas de animoso orden. Sentía latir fuerte el corazón al pensar en reencontrarse con su sangre tras tanta vida separados.

En el barco tuvo oportunidad de escribirle a Íñigo Fuentes sobre la sentimental despedida de la grey católica angelopolitana, con excepción de diez o doce sujetos, subrayó. Era aquella carta donde inquiría sobre el terreno que habría de pisar, y la de las malas noticias con la incertidumbre de lo que dejaba.

༘

Es otra Madrid la que pisan ahora sus pies. A su llegada, Palafox es recibido por el cardenal arzobispo de Toledo, monseñor Baltasar Moscoso y Sandoval. De esta relación el obispo no tiene aún la seguridad de un acercamiento grato, pues la tensión ocasionada por tantos rumores de ida y vuelta entre las dos tierras sobre su persona se hace explícita desde el primer saludo. La corte ha cambiado también. La figura de Felipe IV es atacada constantemente por sus propios súbditos. Lo llamaban «vencido de las mujeres» y dominado por sus validos. Había perdido varias batallas mientras don Juan fungía como visitador de la Nueva España: Portugal, Rosellón, Francia. Se sienten muchos peligros cercando al Estado español, incluyendo enfermedades que se van propagando con rapidez mortal en la sociedad. Al obispo de Puebla le es apremiante ser recibido por el rey para expresarle su pesar, su posición frente la Corona, los rumores, sus enemigos y su lealtad inquebrantable a la monarquía, a la Iglesia y a Dios.

Mucho regocijo le da ver a su hermano y sus sobrinos, uno de ellos Jaimico, con quien tenía por su inclinación al sacerdocio un gran acercamiento epistolar desde sus últimos días en la Nueva España. Lo mismo con la marquesa de Ariza, todos desean que el obispo de Puebla, como se hace llamar Palafox, tenga una estancia larga en su tierra. Al convivir con su familia se hace entrañable al grado de llevarse a vivir con él a cuatro de sus sobrinos y fungir como un abuelo, al tiempo que los procura ante enfermedades como la viruela. Estas actividades lo salvan de la cama de espinas, como le dice a la Madrid que encuentra.

A los pocos días del desembarco marchó el obispo de Puebla a Madrid para entrevistarse con el rey. Después de la recepción, le fue entregada la llave de oro de la catedral que se había finalizado en su episcopado. Felipe IV le comenta a su secretario de despacho universal:

—Don Juan de Palafox me ha hablado como nadie nunca lo había hecho en mi vida.

Pues don Juan se había dirigido al monarca con toda sinceridad sobre los males que observaba en el ejercicio de la monarquía española y de su rey. Así, fue erigido como Consejero de Aragón, congregante de las asociaciones pías de Madrid, de la Escuela de Cristo y de la diócesis de Burgo de Osma.

Mientras se encontraba todavía en el viaje de regreso, es dictado un memorial en Puebla contra su persona, desacreditando su trabajo y deshonrando su nombre. A cargo de su enemigo don Pedro Melián, se anunciaba el sacrilegio de haber puesto en el Altar de los Reyes el escudo de armas de la familia Palafox. Melián sabía bien dónde le dolería la llaga al obispo, porque su obra máxima era la catedral de Puebla y sobre ella recaerían las acusaciones de soberbia y la penalización por parte de la Inquisición, pues suponía un crimen de lesa majestad.

La verdad era que los dos escudos que pendían en las columnas del Altar de los Reyes pertenecían a ambos reinos de la Corona de España: Aragón y Navarra. Así, fueron derribados los escudos por don Juan Manuel de Sotomayor, quien con gran ignorancia aducía que los reinos de Castilla y León eran de mayor importancia para las Indias.

El obispo interpuso un memorial de carácter histórico, jurídico y político para defender su obra, los escudos y sus acciones, acto que terminaría juzgando el Consejo de Indias encabezado por don Francisco Calderón y Romero a su favor, ordenando que se pusieran de nuevo los escudos, incluyendo a los otros dos reinos. Además, concluyó que tanto el obispo como la gente que trabajó a su cargo obraron adecuada y honestamente en servicio de la Corona y la Iglesia mientras fue visitador y residente de la Nueva España.

«Vistos los autos, sumaria formación y pesquisa secreta, y que de ellas y de las demás diligencias no ha resultado ni resulta culpa ni cargo contra el dicho Licenciado Don Juan de Palafox y Mendoza; y atento a que no ha habido querella, capítulo ni demanda alguna, que se haya puesto contra el susodicho, ni alguno de sus criados, allegados, ni demás ministros: antes consta haber procedido el dicho obispo de la Puebla de los Ángeles, bien y fielmente en el uso y ejercicio de dichos cargos, guardando y cumpliendo las instrucciones, órdenes y cédulas del Rey nuestro Señor...»

Ante tanta injuria, el obispo de Puebla escribiría a don Antonio de Ulloa: «Si las sátiras que se han escrito contra mí desde que comencé a defender la dignidad episcopal y las materias del servicio de Dios y del Rey se hubiesen de juntar; no cabrían en el Salón de Palacio, y no diciendo de mí niñerías, sino que soy sedicioso, traidor, hereje y soberbio, y, cuando yo estaba defendiendo el Santo Concilio de Trento, lo tenían por error en la fe los contrarios y haciendo una máscara que salía de su misma casa y con sus estudiantes (ignorándolo los maestros) que con irrisión pública iban burlando de mí, echando cedulitas con esta letra: Hoy con gallardo denuedo se opone la Compañía a la formal herejía. Y después declaró el pontífice a favor de todo lo que yo defendía…».

A pesar de la sentencia a favor, los dimes y diretes del otro lado del océano no cesaban de emitirse y al final de libradas las querellas religiosas y políticas nada le valió para evitar ser separado de su amada Raquel. Ninguna súplica fue válida ante el rey para que lo dejara volver a Puebla a pesar de ver terminados los pleitos. Ahora sí tenía la seguridad de que no regresaría a ser sepultado como tantos hijos en la Nueva España. Fue trasladado a Osma por la promoción de don Antonio de Valdés.

Como obispo de Osma comenzó varias tareas en 1654 hasta su muerte en 1659. El ahínco por continuar sus exhortaciones pastorales no se vio minado, dejando claros los puntos que habrían de seguir los sacerdotes: «Encomendarles el culto divino/ Que huyan de la ociosidad y tengan libros/ Que traten de oración y den buen ejemplo/ Que exhorten a sus feligreses a la devoción del rosario/ Que los exhorten a la frecuencia de los sacramentos, principalmente en los días de Nuestra Señora y otras festividades/ Que prediquen y enseñen la doctrina cristiana/ Que los sufran y los traten con amor y no les digan malas palabras».

Su estilo de visita en Osma —como en Puebla— fue el siguiente: siempre que llegaba a los lugares, se iba a apear a la iglesia, no a casa de los curas. Visitaba el Santísimo, óleos y pila bautismal. Les decía brevemente a los curas y regidores el porqué de su visita, exhortando a la confesión y comunión, y las indulgencias que llevaba. Comulgando todos, les hacía un sermón de tres o cuatro horas, acomodándose a la capacidad del pueblo. Confirmaba a los que no estaban y daba su bendición para que fueran a comer como a la una o dos. Si lo invitaban a ello, comía muy poco, tan rígido era. Acabando, salía a caballo para otro lugar, exigiendo cuentas a otro sacerdote o visitador. Tenía siempre presentes los nombres, cargos y tareas de todas las personas que gobernaba, para castigarlos o premiarlos. Si había alguna falta y esta se confesaba con humildad y arrepentimiento, el Venerable lo absolvía y perdonaba, pero si había resistencia queriendo negarla o encubrirla, se le seguía y castigaba con la rigidez que acostumbrara en la Nueva España.

En 1656, por petición del General de los carmelitas descalzos realizó comentarios a las *Cartas* de santa Teresa. En el mismo año firmó el memorial dirigido a Felipe IV sobre la inmunidad eclesiástica, en el contexto de la petición que hiciera el monarca español a Inocencio X para seguir cobrando tributos del estamento eclesiástico. Fue amonestado pidiéndole moderación, o si no «se pondría remedio conveniente». A lo que contestó: «...creía haber servido a Su Majestad en lo obrado, que quedaba con toda atención a lo que Su Majestad había servido resolver, para respetarlo y reverenciarlo como era justo». A tal punto llegó la tensión que se comentaba la posibilidad de un extrañamiento hacia Palafox, misma que comentó el obispo con los carmelitas de Osma:

—Padres míos, si eso sucediere, a pie con un báculo y un criado, me iré a echar a los pies del Sumo Pontífice para que, como Vicario de Jesucristo, me proteja y me dé su bendición.

Se corrió el rumor de que estando él en Osma, lo habían visto en Puebla de los Ángeles de manera clara, de rodillas junto al altar mayor, como lo recordaban. Algunos vecinos de la ciudad aseveraron que esto sucedió varias veces.

Palafox se levantaba a las tres de la mañana en verano, y en invierno a las cinco. Rezaba parte de sus horas canónicas y gran número de oraciones. Tenía enorme devoción por el Cristo que rescató de los calvinistas de Preten en Alemania, al que habían cortado los herejes las extremidades y él reparó con hojas de plata. Tras este ejercicio decía la misa con mucha devoción. Luego oía otra que daba uno de los capellanes y lo demás del tiempo lo ocupaba en escribir, despachar y acudir al coro a la catedral, así como rezar el rosario. Esto hasta las doce del día. Después tocaban la campanilla a comer junto con sus criados de escalera y sus capellanes. Se rezaba la antífona *Sub tuum praesidium* y luego un responso por las ánimas. Entonces se leía lo primero del Martirologio, así como historias eclesiásticas. Enfrente de sí tenía siempre a un pobre que dormía, calzaba y comía como los demás criados. Bebía siempre agua y tres días a la semana ayunaba. «Padre, no se espante, que más es lo que diremos. Nueve años estuvo en la Puebla de los Ángeles y en México y sobre todo lo que se ha visto no probó el chocolate, siendo su obispado el más regalado que hay de este género de bebida, y úsase aderezado con mucho primor y curiosidad para el deleite del gusto.» El descanso era recostado en una silla, poco más de media hora. Luego proseguía a escribir sus libros, despachar negocios, recibir visitas y oír a sus provisores. Se rezaba y luego era la merienda, a las ocho y media. Se rezaba el rosario. Hasta las diez tenía un poco de conversación y se recogía a su dormitorio.

Todo su anhelo era el amor de Dios, el servirle, el agradarle en sí y en todo. Por este motivo comienza a publicar: primero *Año espiritual*. Procuró la soledad, ante todo para no encontrarse con más querellas. En Soria erigió la Escuela de Cristo para instruir a los fieles en la oración y la meditación de la fe.

Publicó en 1658 las *Notas a las Cartas de la Madre Santa Teresa de Jesús; La trompeta de Ezequiel,* que es una larga carta pastoral a los curas y sacerdotes de su obispado; *Luz de los vivos y escarmiento de los difuntos,* en la que reproduce las apariciones de las ánimas del Purgatorio que tuvo la monja carmelita del Convento de Pamplona Francisca del Santísimo Sacramento. El siguiente año publica la *Peregrinación de la Philotea, Excelencias de San Pedro.* Desde su llegada a Osma había renunciado a todo indicio de comodidad y lujo: tenía cortos el cabello y la barba, no vestía seda y buscaba la ropa más humilde para andar. Vivió sus últimos años en la austeridad completa, comiendo en ocasiones las propias migas, obediente a sus normas y seguro de estar bajo la vigilancia de la Virgen María.

El calor de junio de 1659 hundía en el sopor al cansado obispo. Varias señales había tenido de su muerte. La primera fue que durmiendo oyó una voz que decía: «Juan, disponte para la jornada, que ha llegado tu tiempo». Oró y ordenó su testamento, que otorgó en buena salud. Dispuso la lápida para su sepultura: que no fuese de jaspe —como la de otros obispos— sino de piedra franca o pizarra. Y que escribieran estas palabras: *Hic iacet pulvis et cinis Joannes, indignus Episcopus Oxomensis. Rogate pro Patre, Filii. Obiit anno 165… mensis… die…* Después mandó hacer una tarjeta de plata del tamaño de un dedo de larga, y grabados en ella, por una parte, los nombres de Jesús, María y José; por la otra, san Juan, san Pedro, san Juan Evangelista. Ordenó que muriendo le abriesen el corazón y le dejaran ahí adentro la tarjeta. Así habría de hacerse.

Otro aviso le vino en agosto, un dolor muy fuerte de quijada que le duró tres días. La pasó muy mal y durmió muy poco en su cama dura y pobre. Le rezó a santa Teresa y al momento evacuó, cosa que no habían podido lograr los médicos y sus remedios.

Convaleció de estos dos achaques en el tiempo en que el rey lo mandó a la elección de la abadesa del Convento Real de santa María de las Huelgas de la ciudad de Burgos. Pidió disculpas y se envió al obispo de Palencia. Escribía su versión de los versos a la Virgen *Te Deum laudamus.* Los envió a Madrid y antes de su muerte se estamparon.

En septiembre la temperatura le continuó alta, aunque las fiebres se iban por pocas horas. Le pidieron que se dejara curar, que abandonara el pudor y permitiera que lo revisaran, que abandonara el rincón en que estaba metido, echado en su jergón de paja, y se acomodase en otra cama más decente. Sus pajes lograron quitarle su túnica de estameña, que estaba llena de motas. Luego se desprendió de una cadenilla de hierro con puntas que traía ceñida y rodeada al cuerpo, además de un cilicio a modo de escapulario y una cruz de palo de un jeme de largo, guarnecida de cabezas de clavos de hierro que acababan en punta, que traía puestos contra el pecho para más mortificación. Llevaba también un escapulario pequeño de Nuestra Señora del Carmen. Su recámara era la más austera, no había pinturas de Roma o Flandes. Las calenturas fueron en aumento y él daba muestra de extrema paciencia, amor a Dios, y se sujetaba a la disposición de los médicos. Después mandó a traer a dos pobres y les dio de comer y vestir. Los sentó junto a su cama y era singular el afecto que les tenía. Los llamaba hermanos o hijos. Para recibir la comunión se aliñaba. Los médicos no lo desahuciaban pero pidió los Santos Óleos. Hizo que vinieran religiosos del Carmen y de san Francisco, miró a sus dos pobres y los abrazó: «Venid acá, mis hijos, no me desamparéis ahora; acompañad a vuestro padre y rogad por él, que vosotros sois mis verdaderos hijos; y como a mis hijos y hermanos os quiero y os amo». Lo confesaron y don Francisco Malo y Neila lo acompañó. Les habló todo con palabras amorosísimas envueltas en lágrimas. Todos lloraban. *Superbia eorum qui te oderunt ascendit semper...*

A eso, a aprender a morir es que había ido al pequeño pueblo, y a rumiar el desconsuelo y el fracaso, la doble humillación de la que fue objeto cuando pensó que finalmente se le premiaría por su trabajo en la Nueva España. El antiguo Fiscal de Indias, el todopoderoso virrey interino, visitador general, arzobispo de la Nueva España y obispo de la Puebla de los Ángeles, volvía a no ser nadie: o sí, a ser Juanico, el bastardo rescatado apenas de las aguas en Fitero.

Escribe, con mano temblorosa, las palabras que ha dicho y puesto en el papel otras veces: «Mira aquel cadáver y ve cómo el lívido se torna negro; después se va cubriendo todo el cuerpo con una especie de moho blanquecino y repugnante, que acaba por convertirse en no sé qué materia pútrida y asquerosa que se derrama por la tierra. De la materia del hombre muerto sale una gran muchedumbre de gusanos».

Eso soñó, anoche, en medio de las fiebres, altísimas, que lo despertaban intermitentemente, que era ya un cadáver, un cuerpo pútrido, sin alma, del que salían miles de gusanos tumefactos. Los gusanos hacen presa en las carnes, y mientras unas ratas se apacientan en el cuerpo, otras corren sobre él y penetran en la boca y hasta las entrañas. Así. Anoche. Salían gusanos de su piel, pero entraban por todos sus orificios roedores chillantes y olorosos que movían sus rosadas colas al introducirse por sus orejas, por la boca e incluso por el ano. Las mejillas —escribe, adolorido—, los labios, los cabellos, se caen a pedazos; descarnadas primero las costillas y las espaldas, y después los brazos y las piernas. Y luego que los gusanos han acabado de consumir todas las carnes, devóranse los unos a los otros y, a la postre, de aquellos restos solo queda un fétido esqueleto que con el tiempo se destruye, destrabándose uno de otro los huesos y separándose del tronco la cabeza. Esto es el hombre.

El viejo obispo termina. Deja la pluma y la tinta y el libro que se afana por completar, soltando una sonora carcajada. Qué pocas veces ha reído en su vida, piensa mientras llega al camastro donde apenas descansa. ¡De qué sirve la vanidad, el poder, la soberbia, los cargos, los tantos trabajos y sus días! Él mismo, anoche, en el sueño era ya ese esqueleto resquebrajándose para quedar convertido en polvo, en nada.

Le repulsa, sin embargo, la imagen de los roedores hendiendo sus afilados dientecillos por dentro y fuera del muerto, las colitas rosadas, los cuerpos peludos y tibios que se introducen sin pudor alguno para devorarlo.

Esa es la muerte, la esperada, la aplazada, la intempestiva. La inevitable.

Quizá todos los viejos hacen repaso de sus días, como él ha venido intentando las últimas horas, solo para darse cuenta de la banalidad de sus existencias. Él quiso ser un hombre, solamente. Unos lo confundieron con santo. Y él les dijo, claramente, ahora lo recuerda: un santo hecho de fuerza y de duro empeño, no un místico con aire distraído, escondido en la franciscana vanidad de su pobreza.

Y eso es lo que ahora más lo molesta: los tantos pleitos, los demasiados enemigos. Los cosechó en cada campo de su vida, como racimos de vid. A cada paso fue haciendo más enemigos que cómplices. Quiso ser recto, casi siempre en exceso. Medir con una vara divina las necedades y los pecados de los otros. ¡El peor pecado es la soberbia! Quiso ser Dios y fue empequeñecido con el desprecio del monarca, su antiguo protector.

Fue enjuiciado, y salió libre y su culpa —que nunca la hubo— fue lavada, pero nunca pudo volver a ser el mismo. Don Juan de Palafox y Mendoza, obispillo de Osma, este burgo de todas formas acogedor y amigable en el que acabó por encontrar la paz.

Se ha terminado la vía purgativa, el dolor, la pena. Empieza esa vía iluminativa de la que tanto escribió en su *Varón de deseos*. Amanecerá otra vez, para sus sueños; morirán sus huesos, se pudrirá su carne, pero él renacerá. Del todo.

Eternamente.

Volverá a ser Juanico e irá corriendo al encuentro de Pedro Navarro y de Ana de Dios. Podrá al fin sentarse a departir con su madre verdadera, a quien tanto quiso. Podrá abrazar de nuevo a su padre, don Jaime. Podrá volver a ser ese niño que no sabía que la responsabilidad es una lápida y la culpa su tormento. Podrá volver.

Ni siquiera tiene fuerzas para seguir escribiendo. Esos papeles últimos que son solo suyos, pues ya ha dictado su propia biografía para los demás, instado por sus pocos amigos. Que quede constancia de su paso por la tierra, monseñor, le decían con zalamería.

Todo afán de inmortalidad es efímero, inútil.

Afanarse, buena palabra. Su vida ha consistido en el afán perpetuo, en la inclemencia. Nació con la voluntad del trueno o del rayo, pero ha terminado por cegar su luz. Don Juan el miserable, el huérfano, el bastardo. Don Juan, el consejero burlado a quien dejó de tomársele opinión; don Juan, el obispo desterrado de su mitra, con el vacío cenotafio en la catedral de sus amores; don Juan, el solitario lector sin biblioteca; don Juan, el que no tuvo madre; don Juan, el que lo fue perdiendo todo mientras creía irlo ganando. Don Juan el pendenciero, el joven burlador en busca de amores y mujeres que un día se supo llamado por el Señor y dejó la banalidad de la carne pero no la banalidad del gobierno y del poder, aún más ponzoñosas. Don Juan, el juez de dos virreyes, el que los condenó a la ignominia sin saber que era él mismo quien se enjuiciaba por todos los tiempos; don Juan el virrey de pocos días, el prófugo, el que cayó para nunca más levantarse. Don Juan de Palafox.

Don Nadie.

Bien predican los vivos, se dice por último, mientras exhala y estertora su último suspiro.

¡Pero mejor predican los muertos!

CRONOLOGÍA Y NOTAS

1570 En Tarazona nace Ana de Casanate y Espés, madre de Juan de Palafox y Mendoza.

1599 Jaime de Palafox, padre de don Juan de Palafox y Mendoza, es nombrado camarero de la Seo de Zaragoza.

1600 Nace el que será don Juan de Palafox y Mendoza, el 24 de junio, en los baños de Fitero (Navarra, España), producto de una aventura amorosa entre el futuro marqués de Ariza, don Jaime de Palafox, y Ana de Casanate, noble aragonesa, honrada y rica. Es abandonado y recogido por Pedro Navarro, sastre y encargado de los baños termales del monasterio, casado con Ana San Juan. Es bautizado con el nombre de Juanico Navarro.

1602 Ana de Casanate, arrepentida, entra al Convento de las Descalzas de Tarazona, donde se cambia el nombre por Ana de la Madre de Dios. En este año Jaime de Palafox es nombrado camarero secreto de Su Santidad Clemente VIII y alcanza algunos beneficios eclesiásticos como la tesorería de Zaragoza.

1606 Fallece Juan de Palafox, hermano de Jaime, dejando huérfanas a Violante y Ana de Palafox Doris Blanes, heredera ésta de la casa de Ariza. Con ella se casa Jaime en el verano y tienen tres hijos: Lucrecia, Violante y Francisco. Se festejan en Fitero la apertura de la plaza de la Orden, con una corrida, y el nacimiento del príncipe.

1609 Don Jaime de Palafox reconoce a su hijo y lo lleva a vivir a su palacio de Ariza para darle inmediatamente la educación que correspondía a su linaje. Intenta obtener para él los beneficios eclesiásticos, busca dispensar la *irregularitas natalium*. Juan de Palafox es promovido a la clerical tonsura y cuatro órdenes menores (en la villa de Fitero).

1610 Al ser reconocido por su padre, Juan de Palafox comienza una trayectoria político-religiosa que florecerá bajo la monarquía de Felipe IV. Don Jaime lo envía a estudiar a Tarazona, bajo la sombra de Diego de Yepes. Allí mismo está su madre, profesando con las carmelitas. Tuvo como preceptor a un clérigo de la catedral, don Gaspar Navarro, hombre de confianza de los señores de Ariza, junto a los educadores del Colegio de san Vicente, de los jesuitas, donde sigue un cuidadoso plan de estudios y aprende idiomas: francés, italiano, alemán.

1613 Pedro Navarro sigue procurando a Juan de Palafox, enviando a una hija cada semana para auxiliarlo en el aseo de paños.

1615 Estudia cánones en Huesca, Aragón.

1617 La religiosa Ana de la Madre de Dios sale por orden de sus superiores carmelitas descalzos con destino al Convento de san José en el contexto de los deseos de don Diego Fecet para fundar un convento de descalzas, bajo las Constituciones de santa Teresa de 1581.

1624 Firma Juan de Palafox por primera vez utilizando el apellido Mendoza, de su tatarabuela, adoptado para salir de Aragón hacia tierras castellanas donde era un linaje conocido. Al año siguiente su hermana le dirige una carta con los dos apellidos.

1625 Muere el padre de Juan, don Jaime de Palafox, el 27 de febrero, a los sesenta y nueve años de edad. Fue caballero de la Orden Militar de Santiago, undécimo sucesor de la casa de Ariza y décimo sexto de la Baronía de Palafox. Lo deja como tutor y al cuidado de sus hermanos.

1626 Con estudios jurídicos y eclesiásticos, don Juan de Palafox ocupa el cargo de Fiscal de Guerra.

1628 Recibe la tesorería de Tarazona, provincia donde ha estudiado esos años.

1629 Es designado consejero y decano del Consejo de Indias. Se ordena sacerdote y es nombrado limosnero y capellán de la hermana de Felipe IV, la infanta María de Austria (posteriormente reina de Hungría).

1633 Obtiene el grado de doctor en cánones por el Colegio-Universidad de Sigüenza y es nombrado Consejero de Indias. Felipe IV ordena a Cerralbo, en la Nueva España, la demolición de los conventos carmelitas y que estos religiosos sean sustituidos por los juaninos, los mercedarios y los dominicos.

1638 Muere Ana de la Madre de Dios, religiosa de gran ingenio, bordadora, pintora. Tuvo el don de oración. Devotísima de la Pasión de Cristo. Poeta. Palafox cae muy enfermo y cuenta en sus memorias *Vida interior* que se le apareció una carmelita descalza.

1639 Recibe la encomienda de visitador del virreinato de la Nueva España, con el fin de ejecutar las Reales Cédulas en materia de doctrinas y diezmos, los juicios de residencia de los virreyes marqués de Cadereita y marqués de Cerralbo, y ocupar el obispado de Puebla de los Ángeles. Debe visitar también la Audiencia y a los oficiales reales, los juzgados de los Bienes de Difuntos, vigilar a los funcionarios encargados de los tributos y azogues y de la alcabala, al Tribunal de Cuentas, la Universidad, el Consulado, el Correo Mayor y sus tenientes, la Casa de la Moneda, los hospitales, los fraudes en el comercio de Filipinas y cuentas de los propios, así como la administración del desagüe de la Ciudad de México y cincuenta y seis despachos. También se le encarga hacer una averiguación sobre cinco conventos agustinos, dominicos, franciscanos, mercedarios y jesuitas que se hallaban en Veracruz y que, se decía, no acataban las reglas y órdenes. Viaja hacia América en compañía del duque de Escalona y marqués de Villena, Diego López Cabrera y Bobadilla, el primer Grande de España a quien se había encomendado el gobierno novohispano.

El eclesiástico Hernando de la Serna dona unas haciendas a la Compañía de Jesús sin hacer la reserva correspondiente para los diezmos. Este incumplimiento origina el conflicto entre la Diócesis de Puebla y la orden jesuítica poblana. El provisor del obispado declara excomulgado a De la Serna y embarga sus bienes, enviándolo a prisión.

1640 Don Juan de Palafox busca un acuerdo en el caso De la Serna pero se enfrenta a la negativa de los jesuitas. Se da la separación portuguesa de España. Existe un trato endeble entre el duque de Escalona y los portugueses que detona un ambiente tenso entre la autoridad real y el poder religioso novohispano encarnado en el ahora obispo-visitador de Puebla. Palafox tiene que actuar contra la persona y bienes del duque de Escalona.

Juan de Palafox es nombrado por Felipe IV virrey sustituto y arzobispo de México, la persona con mayores atribuciones en la Nueva España. Palafox está pendiente de cumplir cabalmente los mandamientos reales y eclesiásticos.

1642 El 18 de febrero se firma la severísima Cédula Real de Felipe IV relativa a ejecutar al virrey, marqués de Villena. Palafox aboga para evitar dicho acto y solo le embarga los bienes, apegado al Derecho, remitiéndolo a España.

La aversión de los franciscanos por la figura de Palafox encuentra cabida, con la llegada del conde de Salvatierra, en la esposa de éste y en sus asesores.

Diciembre. Palafox realiza la entrega del mando virreinal al conde de Salvatierra: llevaba seis meses sin recibir remuneración por estos servicios reales.

1643 El 30 abril Felipe IV ordena a los oficiales de su Real Hacienda en Nueva España que entreguen a don Juan de Palafox 1 522 228 maravedís en reales de plata doble en atención a su salario, casa de aposentos, propinas luminarias, ayudas de costa y una pensión.

En España, el duque de Escalona expone al rey su punto de vista respecto a los portugueses y éste queda conforme, ofreciéndole el Virreinato de Navarra que ejerció hasta 1653.

1644 En diciembre el obispo Palafox escribe, preocupado por la posición del rey hacia el virrey Villena, a fray Juan de santo Tomás, confesor real: «sobre haber quedado mal puesta su opinión con la sentencia dada en la causa del marqués de Villena y para que vea si debería el Rey en conciencia y justicia restablecérsela».

Con esta acción se neutralizaba el quehacer de Palafox y se daba carta abierta al duque de Escalona y a su hijo, el conde de Santiesteban, contra el prelado navarro.

1645 Llegan Palafox y el padre Bueras, jesuita, a un acuerdo, pero la muerte del padre y la llegada del padre Velasco agudizan los conflictos entre ambos bandos.

Desatendiendo las indicaciones del General

de la Compañía de Jesús, Vincenzo Carafa, Velasco aprovecha los sentimientos de animadversión del conde de Salvatierra y del arzobispo Juan de Mañozca y los involucra en la disputa, que se reactiva al año siguiente. Los fallos dictados por el juez eclesiástico provocan que los jesuitas no soliciten licencias ni refrendos para ejercer su ministerio sacerdotal. Ante este complicado panorama el obispo apela ante la Real Audiencia de México; los jesuitas recusan a los oidores, y aún más, con la intervención del virrey, del Arzobispado de México y de la Inquisición en el conflicto, se designan jueces conservadores para que intervengan a favor de los jesuitas. Palafox excomulga a los jueces conservadores. En Puebla de los Ángeles los ánimos se exaltan e incluso hay rumores de posibles atentados contra el prelado.

1646 Palafox realiza una visita pastoral a su obispado y simultáneamente recorre el virreinato. Cuando llega a Xalapa expresa a Íñigo Fuentes, su agente en Madrid, los asuntos relacionados con el viaje: en lo tocante al pleito de las doctrinas, es factible que los frailes decidan continuarlo. Llegan varias cartas a España contra el visitador. El obispo teme que se dé una situación como la del marqués de Villamanrique, destituido por Felipe II a causa de intrigas de cartas de terceros. Los constantes ataques del conde de Salvatierra llevan a Palafox a pedir como presidente del Consejo de Indias a Juan de Santelices, antiguo compañero suyo. Tiene tal influencia que se le hace caso, pero Juan de Santelices muere antes de embarcarse a la Nueva España. Se da una abusiva venta de oficios por parte del virrey y también excesos escandalosos de los alcaldes mayores, especialmente hacia los indígenas.

Noviembre. Palafox se dirige directamente al conde de Salvatierra y a la Real Audiencia, pidiéndoles obediencia a la Real Cédula. Comunica al fiscal de la Real Audiencia de México, Pedro Melián, del que tenía conocimiento que influía en su revocación, y le recuerda su deber de cumplir con lo ordenado en cuanto fiscal.

Diciembre. El virrey monta en cólera y prepara un auto contra la Cédula Real de visita a los alcaldes mayores. En el auto participan las ciudades de Puebla y de México.

Palafox dirige una misiva a Íñigo Fuentes donde pide su intervención ante los funcionarios del Consejo de Indias por el desprecio y ofensas que el virrey ha demostrado a su persona.

Se publica un libelo ofensivo en su contra.

1647 Ante las circunstancias de peligro en Puebla, el obispo sale y se refugia en San José de Chiapa, donde mantiene una fecunda correspondencia con autoridades religiosas y civiles de la Nueva España, la metrópoli y Roma. Se declara vacante la sede episcopal de Puebla. Los estudiantes de los jesuitas, movidos por sus superiores, organizan una mascarada para ridiculizar y satanizar la persona y autoridad de Palafox.

Mayo. Desde Puebla, escribe a su agente en Madrid dos misivas: en una de ellas le expresa el mal estado de los negocios de Salvatierra; en la otra pide a Fuentes que solicite al inquisidor general remedio a los edictos escandalosos contra su persona, hechos por la Santa Inquisición de México.

Agosto. El obispo visitador, oculto en San José de Chiapa, relata a Íñigo Fuentes que el conde de Salvatierra, por mano de los conservadores, le había quitado el obispado y la visita, apoyado en la Santa Inquisición.

Octubre. El conde de Salvatierra es reemplazado en el cargo virreinal por el obispo de Yucatán, Marcos de Torres y Rueda, lo que facilita el regreso de Palafox a Puebla, pero es informado del fin de su encargo como visitador.

Noviembre. El obispo Palafox recibe la sede que le devolvió el Cabildo Angelopolitano y los jesuitas acuden a besarle la mano por mandato del virrey.

1648 Palafox escribe al cardenal Moscoso que el fruto de sus trabajos fue haber puesto las doctrinas en manos de los clérigos, haber vencido el pleito del pago de diezmos, y haber ganado el pleito de las licencias para confesar y predicar.

El papa Inocencio X expresa a los agentes de Palafox en Roma: «¿Si monseñor Palafox no gobierna y pone orden en la Iglesia de América, ¿quién lo hará sino prelado tan grande?».

La Compañía de Jesús gasta cien mil pesos en los procesos contra el obispo.

Febrero. Escribe Juan Bautista Sáenz Navarrete, por mandato del rey, que Palafox debe regresar a España y dejar la diócesis poblana. El Breve llega el 14 de mayo, justo cuando Palafox está colocando en la cúpula de la catedral la estatua de san Pedro.

Marzo. Arriba la flota hispana a Nueva España con noticias desagradables para el conde de Salvatierra, quien sale en junio rumbo a la metrópoli.

Julio. Palafox sabe que lo retornarán a España, así que acelera sus pendientes en Puebla. También puntualiza sus aciertos: término de la catedral, edificación de seminarios y casa episcopal, con más de diez mil reales de renta, así como la donación de su biblioteca. Proporciona detalles del estado en que deja la Iglesia. Los jesuitas lo injurian aún más y lo acusan de haber quitado estudios a la Compañía. Las cartas van con la firma de don Juan de Mañozca, falsificando otras del arzobispo de México. Piden sus contrarios residencia contra él en las Indias.

1649 *Abril.* Palafox consagra la catedral de Puebla. Días después se despide de sus fieles.

Junio. El prelado, ante la irrevocable orden de Felipe IV de dejar Puebla, se embarca con destino a España.

Septiembre. En carta a Íñigo Fuentes, cuenta la sentimental despedida de la grey católica angelopolitana y le informa sobre la muerte del virrey-obispo de Yucatán y la vulnerabilidad en que queda la Nueva España.

1650 El obispo llega a España, donde es recibido con gran honra. El rey le otorga la plaza de Consejero de Aragón.

1654   En Madrid, Palafox suplica varias veces al rey lo deje volver a Puebla. Estaba deseoso de ver terminados los pleitos y regresar a ser sepultado con tantos hijos en la Nueva España. El rey lo traslada a Osma por la promoción de don Antonio de Valdés.

1656   Publica *Año espiritual.*

1658   Publica las *Notas a las Cartas de la Madre Santa Teresa de Jesús; La trompeta de Ezequiel,* larga carta pastoral a los curas y sacerdotes de su obispado; *Luz de los vivos y escarmiento de los difuntos,* acerca de las apariciones de las ánimas del Purgatorio a la monja carmelita del convento de Pamplona Francisca del Santísimo Sacramento.

1659   Publica *Peregrinación de la Philotea, Excelencias de San Pedro.*

Junio. Problemas de salud. Realiza disposiciones testamentarias y fúnebres.

Agosto. Tuvo una calentura con frío.

Octubre. Muere don Juan de Palafox, con cincuenta y nueve años, tres meses y cinco días. Visten el cuerpo y toda la villa llega a besarlo y rezarle. Es la noche del 1 de octubre.

MÍNIMA BIBLIOGRAFÍA

Argaiz, Gregorio. *Vida de Don Juan de Palafox.* Pamplona, Asociación de Amigos del Monasterio de Fitero, 2000.

Arteaga y Falguera, sor Cristina de la Cruz de. *Una mitra sobre dos mundos. La de don Juan de Palafox y Mendoza, Obispo de Puebla de los Ángeles y de Osma.* Gobierno del Estado de Puebla, 1992.

Bartolomé, Gregorio. *Jaque mate al obispo virrey.* México, FCE, 1991.

Fernández Gracia, Ricardo. *Don Juan de Palafox y Mendoza: Obispo de la Puebla de los Ángeles y de Osma, Arzobispo electo de México, Virrey y Capitán General de Nueva España.* Soria, Diputación Provincial de Soria, 2001.

—. *Don Juan de Palafox. Teoría y promoción de las artes.* Pamplona, Asociación de Amigos del Monasterio de Fitero, 2000.

—. *El venerable Juan de Palafox: Fitero, 1600-Burgo de Osma, 1659: semblanza biográfica.* Pamplona, Asociación de Amigos del Monasterio de Fitero, 2000.

—. *El Venerable Juan de Palafox. Semblanza biográfica.* Pamplona, Asociación de Amigos del Monasterio de Fitero, 2000.

—. *Nacimiento e infancia del Venerable Palafox.* Pamplona, Asociación de Amigos del Monasterio de Fitero, 2000.

—. *Nacimiento e infancia del Venerable Palafox: discurso de apertura de los actos conmemorativos del IV Centenario del nacimiento del Venerable Palafox*, Sala Capitular del Monasterio de Fitero, 15 de agosto de 1999. Pamplona, Asociación de Amigos del Monasterio de Fitero, 2000.

Moriones, Ildefonso. *La causa de beatificación de Juan de Palafox.* Roma, Asociación de Amigos del Monasterio de Fitero, 2000.

Palafox y Mendoza, Juan. *Discurso en favor del clero religioso de vida ejemplar, a quien castigo; epístola exhortatoria a los curas y beneciados de la Puebla de Los Ángeles.* Puebla, Secretaría de Cultura, 2003.

—. *Cartas escritas por el Venerable Siervo de Dios, don Juan de Palafox y Mendoza: manuscritos inéditos de 1643-1649.* Puebla, Secretaría de Cultura, 1998.

—. *Cartas escritas por el Venerable Siervo de Dios Don Juan de Palafox y Mendoza.* Puebla, Secretaría de Cultura, 1995.

—. *Donación del Obispo Mi Señor Don Juan de Palafox y Mendoza de su librería.* Puebla, Secretaría de Cultura, 1995.

—. *Fundación del Colegio de San Pedro.* Puebla, Secretaría de Cultura, 1995.

—. *Naturaleza y virtudes del indio.* Puebla, Secretaría de Cultura, 1995.

—. *Ideas políticas.* México, UNAM, 1994.

Salazar Andreu, Juan Pablo. *Juan de Palafox y Mendoza.* México, Planeta DeAgostini, 2002.

— (coord.). *Manuscritos e Impresos del Venerable Señor Don Juan de Palafox y Mendoza.* España, Everest, 2000.

Sánchez-Castañer, Francisco. *Don Juan de Palafox y Mendoza (Tratados mejicanos).* Madrid, Biblioteca de Autores Españoles, tomos CCXVII y CCXVIII, 1968.

—. *La obra literaria de Juan de Palafox y Mendoza, escritor hispanoamericano.* Centro Virtual Cervantes.

Soladana, Venancio. *El venerable Don Juan de Palafox y Mendoza, Obispo de Osma (1654-1659).* Pamplona, 1982.

Tamariz de Carmona, Antonio (ed.). *Relación y descripción del templo real de la ciudad de la Puebla de los Ángeles en la Nueva España, y su catedral.* Puebla, Secretaría de Cultura, 1991.

Torre Villar, Ernesto de la. *Don Juan de Palafox y Mendoza, pensador político.* México, UNAM, 1997.

NOTA ÍNTIMA DEL AUTOR
—

Quizá esta sea la novela que más tiempo he tardado en escribir. La fui redactando con mi propia vida desde que cumplí ocho años y entré al precioso repositorio de los libros del obispo virrey. Allí, en la alta mesa de marquetería que se halla frente a la Virgen de Trapani, la directora de la biblioteca, Estela Galicia, me introdujo al mundo de la lectura y al misterio de las contradicciones del alma humana. Como era un niño ávido de emociones y gratitud, decidí ayudarla con mis apenas escasas dotes en la penuria de sostener aquel lugar. Estela había decidido editar una serie de postales con fotos de la Biblioteca Palafoxiana y yo buscaba en los pasillos de la Casa de Cultura y del Palacio de Justicia aledaño a incautos que o me las quisieran comprar o deseasen un recorrido guiado por el lugar. Huelga decir que yo mismo aprendí de memoria una biografía de Juan de Palafox y Mendoza que gustaba de repetir a los turistas repentinos que mi instinto reclutaba.

La vida de Palafox —hagiografía que mi memoria ensanchaba— era fascinante para un niño. El huérfano de Fitero rescatado en una canasta antes de ser arrojado por las aguas como Moisés, reconocido por su padre a los nueve años, estudiante —como yo—

de los jesuitas, lleno de amores y pendencias que la fe había trastocado en férrea voluntad eclesiástica, el Consejero de Indias, el visitador general, juez de dos virreyes, el obispo de Puebla —su amada Raquel— que poseía la biblioteca personal más grande del mundo hispánico, superior incluso a la que entonces albergaba El Escorial, el defensor de los indígenas, el olvidado y desterrado que nunca pudo regresar a su catedral —que él mismo hizo terminar y consagró en nueve años—, el vilipendiado, el amado. Seguramente habré mareado a mis oyentes, que pagaban la entrada a la biblioteca más para quitarse la monserga de mi perorata que por interés.

Pocos años después conocí a Carlos Barral, quien acompañado de J.J. Armas Marcelo iniciaba otra de sus empresas quijotescas: había venido a Puebla a intentar unir voluntades para traer de regreso los restos de Palafox a la catedral. Cartas fueron y vinieron con los delfines de su matasellos impreso en tinta morada a la casa de mi padre, quien me heredó por supuesto su propio amor por el obispo. El proceso eclesiástico de canonización, tantas veces postergado, impidió, finalmente, sellar el empeño de Barral. Pero gracias a esa amistad leí por vez primera a mi adorado Bryce Echenique y comprendí que la novela es el territorio más feliz de la vida.

Quiso la suerte, o la pesadilla que es la vida, que la Palafoxiana se cruzara una vez más en mi camino mucho tiempo más tarde. En 1999 tuve la encomienda de dirigir los destinos culturales de mi estado natal pero a los pocos meses un terrible sismo destrozó el patrimonio histórico de más de cien municipios. Hubo que empeñarse en la restauración de más de 700 templos y museos. Uno de los más dañados, para la tristeza propia y ajena, fue la Palafoxiana. Estela Galicia y yo nos abrazamos esa tarde en la que el escombro, el polvo y la destrucción convertían al lugar en una dolorosa imagen de guerra. No cejé en mi empeño por verla de nuevo en pie. Pero cuando el inmueble y los libros estuvieron a salvo pensé que no era suficiente. Entonces trabajé con ahínco para que la biblioteca entrara en el programa de la Unesco y fuera declarada Memoria del Mundo. Hoy el acervo está digitalizado en su mayoría, los libros limpios y cuidados y la capilla que los alberga ha sido restaurada en su totalidad. Hasta allí creí que mi empresa palafoxiana terminaría.

Pero los sueños regresan, inclementes. Había leído durante más de veinte años un centenar de libros sobre Palafox. Había revisado y leído más de la mitad de su obra completa y había sido editor de una de las biografías más memorables que se le han hecho (*Palafox, «de escoplo y martillo»*, de Artemio López Quiroz), pero de no haber sido por la amistad de Arnulfo Herrera, quien puso en mis manos obras inconseguibles del propio Palafox y de sus detractores así como ejemplos literarios preclaros de la Puebla de entonces —1647 su año aciago—, y por la amistad y las lecturas del gran erudito de Palafox que conocí también entonces, Ricardo Fernández Gracia, nunca hubiese emprendido la biografía novelada que el lector ahora tiene en sus manos.

La Fundación Mary Street Jenkins, con la proverbial generosidad que ha hecho de la historia y la educación poblanas sus mejores empresas, me permitió gozar de una beca que me dio el tiempo y los medios para cruzar el océano e investigar en el Archivo de Indias, la Biblioteca Nacional de Madrid, el archivo del Obispado de Osma y los acervos de Fitero, incluso los notariales, así como realizar entrevistas y cotejar los datos que se me seguían escapando. Por esos mismos años el Fondo Nacional para la Cultura y las Artes me otorgó otro apoyo como creador artístico, lo que complementó la tarea. En todas mis novelas históricas sobre México la asistencia de Diana Isabel Jaramillo, su colmillo literario, su habilidad en el archivo y su tiempo han sido centrales. En ésta aún ha sido más su contribución puesto que es una ilustre palafoxianista y yo mismo tuve la oportunidad de conocerla cuando ella trabajaba en la digitalización del acervo y en la creación del exitoso expediente de la Unesco al que ya he hecho referencia. Juan Gerardo Sampedro ha sido, también, un guía fabuloso y su mirada crítica ha convertido muchos de mis manuscritos en verdaderos textos literarios. Mi agradecimiento siempre.

Don Juan se negaba a hablarme, a pesar de todo, y el frío y la nieve de Hánover durante mi segunda estancia como escritor en residencia de Dartmouth College —además del acceso a su excepcional biblioteca— me permitieron terminar este extenuante trabajo. Aquí queda mi *Varón de deseos*, que espero el lector disfrute.

En el *teatro universal de los vivientes* quiso la suerte que el libro estuviese terminado poco antes de la beatificación de don Juan de Palafox y Mendoza, que esta mirada irreverente y literaria sea otra forma, más mundana pero no menos profunda, de homenajearlo. *Vita fucata, imago mortis.*

New Hampshire, primavera de 2011

ÍNDICE